中国文学名家小小说精选丛书

折叠空间

刘琛琛　著

江西高校出版社
JIANGXI UNIVERSITIES AND COLLEGES PRESS

南　昌

图书在版编目（CIP）数据

折叠空间 / 刘琛琛著 . -- 南昌：江西高校出版社，
2025. 6. --（中国文学名家小小说精选丛书）. -- ISBN
978-7-5762-5610-9

Ⅰ . I247.82

中国国家版本馆 CIP 数据核字第 202432H613 号

责 任 编 辑　陶裕果
装 帧 设 计　夏梓郡

出 版 发 行　江西高校出版社
社　　　　址　江西省南昌市新建区工业二路 508 号
邮 政 编 码　330100
总 编 室 电 话　0791-88504319
销 售 电 话　0791-88505090
网　　　　址　www.juacp.com
印　　　　刷　鸿鹄（唐山）印务有限公司
经　　　　销　全国新华书店
开　　　　本　650 mm×920 mm　1/16
印　　　　张　13
字　　　　数　160 千字
版　　　　次　2025 年 6 月第 1 版
印　　　　次　2025 年 6 月第 1 次印刷
书　　　　号　ISBN 978-7-5762-5610-9
定　　　　价　58.00 元

赣版权登字 -07-2024-1005

目 录

CONTENTS

一瓶过期的酱油

　　一直觉得，母亲不是那么爱我。在她心里，我甚至比不上一瓶酱油。

　　七岁那年，刚好是打酱油的年龄。家里来了一桌客人，母亲给我两毛钱，命令我去打一瓶酱油。

　　抱着打好的酱油快走到家门口时，我学人家玩三棒鼓，一抛，接住了，再一抛，眼睁睁地看着它从手指缝漏了下去。

　　我蹲在碎掉的酱油瓶旁边，无助地哭泣。哭声把母亲和一位女客招出来了。

　　女客拉起我，笑眯眯地说，哎哟，酱油打破了呀，没事，让妈妈再买一瓶。

　　我仰起头，小心翼翼地看着母亲，母亲比女客更笑眯眯的，哭啥呀，不就是两毛钱吗？再打一瓶就是。

　　我紧张的心情顿时放松下来，那天在饭桌上，表现得格外活泼。以至于客人都走了，我还沉浸在那种被赦免的狂喜中。

这种赦免是假象。

事后，我挨了一顿胖揍，母亲大骂我是败家子。

上班没多久，父亲去世，我无可奈何地接了母亲来散心。

母亲一进家门，那种儿时的压抑感便伴随着她一同袭上了我心头。

她打量着我的家，不停地絮叨着，你看你，东西乱摆乱放，哪像有人住的样子！

有母亲的话撑腰，那些乱摆乱放的东西一个个闯进我的眼帘。

母亲撸起袖子，系上围巾，大干特干起来。扔掉了我收藏许久的、造型可爱的空酒瓶。扯掉了挂在浴室里的裸女出浴图。把放在室内的花花草草都移到室外，说植物招蚂蚁，甚至把毛绒绒的马桶垫也拆了下来，说屁股能有多尊贵？

妈，你准备呆多久？我耐着性子问。

这个嘛，要看你的表现，对我好，我就多呆一阵。对我不好，我扭头走人，别以为我没地方伸脚！母亲满意地拍着手，看着被她整理的焕然一新的卧室。

母亲有了地方伸脚，我却没了地方伸手。

插不上手的我冷冷看着母亲自以为是地忙东忙西。

厨柜的角落里，母亲找出一个黑乎乎的瓶子。

哪壶不开提哪壶。瓶子里，装的不知道是哪年哪月遗留下来的酱油。

这么好的酱油，就被你放过期了，和小时候一样，真是个败家子！母亲劈头盖脸地骂我。

在她心里，我依旧比不上一瓶酱油。

随便她！我出门上班去了。

晚上，母亲忽然上吐下泻，折腾了一宿。

我问她，要不要上医院？

她说，不去，抗一抗就好了。

母亲的身体一向硬朗，我信了她，喂了她几颗感冒药，赶紧去休息。

明早，还有个大案子要查，由我牵头主办的，正进入白热化阶段。

第二天一早，母亲没有像往常一样起来准备早餐。喊了母亲好几声，都没答应。到房间一瞧，她脸色苍白，头冒冷汗，人已经昏迷不醒。

我中断所有工作，紧急将她送到医院，陪护了整整一星期。

好在，抢救及时，医生将她从鬼门关里拉了回来。

食物中毒。医生诊断说。

瞎吃什么了！我咆哮着问母亲。

见你忙得没空回家吃饭，我一个人就炒了些剩饭剩菜，顺便搁了点酱油。母亲轻描淡写地说。

那瓶过期的酱油？我虎着脸问。

你败家，我得替你节省啊！母亲到这会了还振振有词。

谁才是败家子？为了节省一瓶酱油，你知道医疗费花了多少钱吗？你知道我好不容易争到的大案子，移交给了别人吗？

我的质问像连梭子弹，突突地向母亲射去。

出院那天，坐在副驾驶上的母亲对我说，送我回乡下吧！

我一怔，谁赶你走了？

母亲口气怏怏地，留在你家里，我就是一瓶过期的酱油，除了添乱，啥也不成。

后视镜里，我看见母亲的脸大了一圈，没谁胖揍她啊。

◀ 如意

王小如和王小意是一对双胞胎。

从小，妈妈就给她俩穿一样的衣服，买一样的鞋子，扎一样的头花。

两姐妹手挽着手走在路上，回头率不晓得有多高。

渐渐地，王小意开始闹意见了。

她不愿意再和姐姐王小如穿得一模一样。妈妈想要把姐妹复制成一个模板，那样妈妈就可以只操一个孩子的心。

双胞胎干嘛不穿成一样？你到底要闹哪样？妈妈皱着眉头说，看你姐姐，多乖。

我不是姐姐的替身，不是！王小意冲妈妈大喊大叫。

王小如正安安静静读着《红楼梦》，听到吵闹声，她抬起头，扶了扶秀气的细边眼镜。

她不愿穿成一样就不穿吧，穿成一样她也看不进一个字的？别吵我看书了。王小如声音不大，却有力地阻止了妈妈和王小意的争执。

王小意脸黑了，哼一声，扭头就走。

她知道王小如是嫌她穿一样，会给当姐姐的脸上抹黑。

越来越看不惯王小如那幅假惺惺的样子。以为她是谁啊？天天捧卷书看，就能变成林妹妹？

王小意摇头晃脑地开始为自己选衣服。

有一件粉色的连衣裙，王小意穿在身上特别好看。营业员和周围的顾客们都惊艳了，老板恨不得免费塞给她，让王小意给店里当活广告。

王小意也很中意这条连衣裙。

可王小意执意不要，白送也不要。

因为王小意在镜子里，看到了王小如的影子。文静，淑女，静如处子。

要摆脱王小如，一定要！她不是静若处子吗，王小意一定要动若脱兔。

这一动，真的就是脱了藩篱的野兔。

妈妈怎么唠叨都抓不回她的心了。

看看你姐姐，一回来就做作业，你还不去学习？

怎么考得这么差？连你姐姐一半分数都达不到！

真不敢相信，你跟你姐是一个娘胎里出来的，你姐那么斯文，你那么野蛮！

两人一块去走亲戚也是。王小意随时被姐姐的形象给覆盖。

亲戚们一致认为，如果王小意和王小如一样讲卫生、爱学习，那妈妈可就真正如了意。

偏不让你们如意！

王小意把头发烫了，染得黄黄的，还打了耳洞，纹了纹身，衣服也故意挑得和王小如截然不同，露脐上装加破洞牛仔裤。

你整得像什么样子？怎么就不能像你姐姐学……妈妈看到王小意这身打扮，恨不得冲上来撕了她。

王小如是王小如，王小意是王小意。任何人都别拿我跟她比！王小意瞪一眼妈妈，旁若无人地从姐姐面前走过了去。

拉不回的野马！亲朋好友们不无惋惜地看着王小意。

一不做二不休，王小意学会了抽烟、喝酒，最后索性辍了学，成天和社会上的混混搅在一起。

哀莫大过于心死，妈妈彻底放弃了王小意。

小如，你一定要好好学习，考上大学。瞧你妹那没出息的鬼样子，以后只有你能拉她一把！妈妈把所有的希望都寄托在王小如身上。

王小如使劲点头，更加勤奋地挑灯夜读，她肩负着把妹妹从水深火热的深渊挽救出来的使命呢。

王小如如此的完美无瑕，肯定能能考上最好的大学，也肯定不负妈妈所托将来能拉王小意一把。

不能让妈妈如意，绝对不能！怒从心头起的王小意恶向胆边生。

这天，王小如正在教室里复习，突然闯进来了几个衣着怪异的男青年。

为首的那个男青年染着一头红发，在教室里扫了一圈，目光落在了王小如脸上。

贱货，以为躲到学校就找不到你了？红发男一边骂，一边拽住王小如的头发，两耳光啪啪打在王小如脸上。

你是谁？王小如被打得眼冒金星，哭叫着问。

别装！只有我哥甩女人的份，从来没有哪个女人敢甩我哥！红发男指着王小如的鼻子说，大家听好了，这个女人是个烂货，不晓得被我哥睡过多少次！

直到保安把他们抓住送到派出所，王小如脸上的巴掌印还没有散去。

事情水落石出，始作俑者竟然是妹妹王小意。

王小意惊恐不安地看着王小如肿胀着脸回到家里。

这一次，是王小如旁若无人地从妹妹面前走进卧室，上床睡了。

再也没有醒来。

到底怎么回事？小如那么乖，怎么会和混混上床？妈妈疯了，逢人追问王小如的死因。

同学们纷纷摇头，称不认识那帮闯到学校闹事的人，谣传却是王小如早恋，被渣男报复了。

老师们更为王小如惋惜，那么优秀的一个孩子，怎么就经受不住一点打击呢？

王小意拼命揪着自己的头发，泪花甩了一脸。

第二年高考，学校的老师们看到王小如又回来了，她穿着最喜欢的粉色连衣裙，戴着秀气的细边眼镜，抱着厚厚的书本重新坐回教室。

王小意把名字改了，改成了王小如。

都说江山易改本性难移，王小意不信，她要完完整整复制出一个王小如来。她真的做到了，成绩跟王小如一般无二。

这下，应该如妈妈的意了！

看着女儿捧回的大红奖状，目光呆滞的妈妈眼神突变，啪啪两耳光甩上来，贱货，以为躲到奖状里我就找不到你了？

王小意捂着脸，惊恐万状地看着妈妈。在妈妈的两个眼珠中，一边是穿粉红色连衣裙的王小如，一边是穿破洞牛仔裤的王小意。

◀ 折叠空间

"爸爸，我想吃炸鸡！"

"妮妮，你自己出去买。"季节正坐在电脑前炒股。

"爸爸，你陪我。"

"我很忙，支付宝里有零钱，快去快回。"季节把手机丢给妮妮。

K线终于穿破均线了！季节迅速买进一万股，在股海里能不能乘风破浪，就拼这一把。

K线涨停的一瞬间，时间似乎停滞了一下。

"继续往下看吗？"黑衣老妪问。

季节摇头，他泪流满面。

接下来的悲剧，他已知晓。K线涨停时，妮妮被疾驰的货车卷入车轮下。

黑衣老妪挥动双手，悬停在空气中的镜像消失了，像关停了一部电视剧。

然而，妮妮的人生不是电视剧，绝不能就此关停。

"送我回去。"季节哀求。

"你决定好了？"

"是。"季节义无反顾地回答。

"折叠空间只能将你送回事故发生前两小时。"黑衣老妪说。

季节大脑里紧张地追溯学过的物理知识，折叠空间相当于在纸上画出 A 至 B 一条线，然后将纸折叠，使 AB 两点重叠。这种折叠现象如果出现在三维世界，就是空间穿梭。

"两个小时足够。"季节泪流满面地说。

"宇宙是一个大系统，你的家庭是无数子系统的其中一个，你则是子系统当中的小系统……"黑衣老妪说。

季节打断她："我是编程员，我可以把自己理解成程序中一个代码。"

黑衣老妪点头："根据能量守恒定律，你回到过去后，若能成功挽回妮妮性命，必然有别的事物发生，但究竟会发生什么事，无人能够预测。"

"能量守恒？"季节努力思索。

"好比衣服破了一个洞，你补好了洞，但洞口周围的布料也会留下针眼。"黑衣老妪解释。

"只要能挽回妮妮性命，任何后果我都承担。"季节斩钉截铁地说。

"好。"黑衣老妪猛推季节一把。

季节顿时跌入一个金光灿灿的隧道，皮肤如千万把小刀凌迟。

黑衣老妪是谁？她为什么帮他？季节心中有无数疑惑，但他没时间追问，妮妮已危在旦夕。

不知穿梭了多久，季节突然感到眩晕，如同久在海上漂泊的人站回陆地。

K线在电脑屏幕上来回震荡。

真的回来了！季节激动地跳起来。

"爸爸，我想吃炸鸡。"妮妮跑进书房，她完好无损。

季节紧紧地抱住妮妮。

"爸爸，我们去吃麦当劳吧！"妮妮说。

今天绝对不能出去。季节心有余悸，他给妮妮点炸鸡外卖。

季节跟在妮妮身边，寸步不离，生怕新空间出现新事故。

等了很久，外卖都没来。季节给外卖员打电话，发现这个号码似曾相识。

对面有人接听电话，这里是急救中心，手机主人在送餐途中发生车祸。

衣服破了一个洞，你补好了洞，但是洞口周围的布料也会留下针眼。

季节想起黑衣老妪的话。

折叠空间将车祸从妮妮身上转嫁给快递员。

在上一个空间，这位好心的快递员护送妮妮到急救中心，一直等到季节匆匆赶到。

季节决定为快递员提供力所能及的帮助，就像他帮助妮妮一样。

他将妮妮反锁在家，赶到医院。急救室门口，他又看见黑衣老妪。

黑衣老妪一脸哀凄。

快递员的双亲拥抱在一起，哭到昏厥。

季节心怀愧疚，央求黑衣老妪，请您再次折叠空间。这次我不点外卖了，还会提醒外卖员千万别出门。

也许下一个折叠空间，又会发生新事故。黑衣老妪面露忧伤。

妮妮很爱玩叫八音盒的玩具，八音盒齿轮磨损了，却会产生动听的旋律，能量守恒带来的不一定是坏事故，而是好故事。

黑衣老妪思忖一阵，说："那就再试一次。"

"爸爸，我想吃炸鸡！"妮妮蹦蹦跳跳闯入书房。

新的折叠空间顺利重启。

"等我一会儿。"季节摸摸妮妮的头。他看着来回震荡的 K 线，毫不犹豫借了网贷，加仓买入一百万股。

在上一个折叠空间里，季节激动之余错过买股票，短短几个小时，K 线一飞冲天，再也找不到买入点。

接着，季节有条不紊地给妮妮下了鸡蛋面，还给快递员打了提醒电话，然后坐在电脑前等着股市上涨。

股票如泄闸的洪水，跌个不停，股灾来临！

季节欠下几辈子都还不清的贷款。

只有折叠空间才能救我！季节慌忙赶到医院。

他没找到黑衣老妪，却撞见抢救过妮妮和快递员的主刀医生。

主刀医生急匆匆脱掉工作服，一边奔跑一边抹着眼泪，我妈不行了！我要去见她最后一面！

季节站到医院天台上。

◀ 啄木鸟与枫树

一个眼神。

张老师的噩梦是从林小枫的一个眼神开始的。

放学后，张老师约谈林小枫，问上课为什么走神？林小枫低垂着头，令张老师联想起一些被折断颈椎的生物。

林小枫偷空瞅了张老师一眼，那是怎样的眼神啊，讨好、恐惧、不安……

张老师拍一拍林小枫的肩膀，放柔语气，小枫……

林小枫后退几步，惊慌失措地逃出教室，张老师紧随其后追出去。

以上短短几分钟的视频，正供人反复揣摩。

张老师说，幸好有摄像头，我什么都没有干。

林小枫父亲说，如果你没干，小枫为什么一见你就逃？

校长忙用身板隔开两人，打着圆场，林经理，这其中是不是有什么误会？张老师去年刚分配到我校工作，口碑良好……

林小枫父亲叫林有德，五十来岁，是"物质再生利用企业"

总经理，也就是个收废品的，名片上林有德自封总经理，校长顺水推个舟。

林有德一跳三尺高，他是个变态！他追小枫追到胜利巷，见周围没一个人，也没有摄像头，就开始撕她衣服，小枫还不满十八岁呀！

张老师跺脚，校长，如果现在有把刀，我就开肠破肚自证清白。您知道的，现在的学生娃儿心理脆弱，挨不得说，我怕林小枫出事，一直追她到胜利巷，我拉住她的胳膊她就痛得大喊，我掀起她的袖子一看，新伤旧痕惨不忍睹！经过追问，是林有德猥亵他的女儿！

林有德抄起讲义摔在张老师脸上。

校长连忙扯开斗殴，问躲在角落里的女孩，林小枫，你快说句话实话，你爸和张老师，谁是坏人？

林小枫右胳膊缓缓扬起来，定定地指向张老师。

张老师五雷轰顶。

从古至今，冤假错案少了么？身正也怕影子斜！

为了女儿名声，林有德选择不报警；为了学校名誉，校长也建议私了；张老师倒想报警，又怕林小枫一口咬定他是侵犯人，他满身长嘴都说不清。

被林小枫指认后，学校开除了他，未婚妻也离开了他。

天亮了，天也变了。

林有德不仅收养孤女林小枫，还经常救助街上的流浪者。多年来，林有德自掏腰包，资助了十几位流浪者返家。

这样的善良人，怎么会猥亵自己的女儿呢？没人肯相信张老师，不，现在是无业游民张白勇。

张白勇发誓付出一切代价，也要揭穿林有德的嘴脸，这成了他的人生目标。

林有德是收废品的，和拾荒者与流浪汉打交道最多。张白勇便潜伏到这类人群里边，打听林有德的过往罪状。混迹了很长一段时日，谁也看不出来张白勇曾经是位老师了。他稻草样的头发上爬满了虱子，衣服上传出令人作呕的臭味，整个人暴瘦几十斤。

一个月高风急的夜晚，张白勇终于守到林有德。林有德扔给张白勇半个馒头，馒头滚到刚下过雨的泥泞里。

张白勇抢起馒头，头也不抬就着泥水狼吞虎咽。林有德已经认不出来眼前这肮脏之人，就是曾经的张老师了。

和另一个流浪汉一起，张白勇被林有德带回放垃圾的仓库供养着。

有一天，林有德笑容可掬地说，走，林经理送你们回家。

张白勇等人被辗转卖到一个矿洞。

没想到，蛛丝马迹的传闻竟然是真的。

在矿洞里，张白勇被迫没日没夜地干活。

九死一生的出逃经历不堪回首，张白勇终于重见天日是在一年以后，涉嫌人口拐卖的林有德被绳之于法。

张白勇再次约谈林小枫时，她已经是大学生了，地点就选在离学校不远的森林公园。

为什么？张白勇问。

那一天回家后，他发现我哭红的眼睛，便不断拷问我为什么晚归。我实在没有办法，只好说出你得知了他干的坏事，还打算天一亮就报警。是他逼我，逼我指认你，万一他被抓了，我就又成了孤儿……张老师，他，他也不完全是坏人，他养大了我，还供我吃穿，供我读书……林小枫说。

小枫，你看，那只啄木鸟在干什么？张白勇转移话题，把目光移向不远处的一颗枫树。

春暖花开的季节，枫树正在抽芽。一只啄木鸟盯上它了，咚咚咚，咚咚咚，小鸟不大，但嘴狠，很快把树干砸出一个坑。

林小枫答，啄木鸟在捉虫。

张白勇说，一直以来，人们以为啄木鸟是在吃树木里的虫子。事实并非如此，啄木鸟其实并不是什么好鸟，它啄枫树并不是为了找虫子，而是寻找枫糖浆，因此枫树被它啄得千疮百孔。虽然小树的生命力很强，但也架不住啄木鸟这样祸害，它终将会死亡。然而，当枫糖浆分泌出来，其它动物也闻蜜而动。这便让啄木鸟分了心，驱逐敌人，霸占自己的地盘。再也没有精力啄木头了，枫树趁机得到喘息，它修复伤口，因此逃过了死亡的命运，获得新生。

林小枫低垂着头，他又联想起了一些被折断颈椎的生物。

张白勇拍一拍林小枫的肩膀，放柔语气，小枫……

林小枫立马后退几步，她没有逃，反而抬起眼皮直视着张白勇。

张白勇愣住了。

林小枫长大了，早已不再是当年的眼神，眼睛里充满勇敢、警剔、嘲讽……

这眼神，土崩瓦解着张老师心中，最隐密的罪恶。

◀ 人性装置
····················

路边停放了一排排无人驾驶车。

无人驾驶车是新时代最伟大的发明，没有之一。

如果你走过去，对着无人驾驶车下一个命令，说，开门！

无人驾驶车就会启动探测仪，在你的脸上，身上快速扫描，同时发出清晰的语音提示，您确定要使用我吗？确定请点头，取消请摇头。

你点一点头，车门就嘭一下打开了。

什么？你没带钱包？没关系，只管坐！

无人驾驶车的系统里，早已经记录了你的一切社会信息。

相貌、身高、血型、工作单位、家庭住址、社会关系以及资产状况。

无人驾驶车载着你到达了目的地，你只需要有节奏地眨三次眼，车费就自动从支付宝上扣走啦，多方便。

新闻报导里，有一个笨小偷，偷走了一大笔钱，想驾着无人驾驶车逃跑。

无人驾驶车扫描了小偷的脸，并打开车门，却不听指挥地载着小偷进了警察局。

原来，警察局的犯罪嫌疑人系统也与无人驾驶车探测仪联网了！

在无人驾驶车的新时代，连犯罪率都大大降低了。

不降低不行呢，探测仪无处不在。

人们都赞叹着无人驾驶车的诞生。乘客们不再忍受司机的饶舌，也不用担心绕了弯路，还能自由地选择向导解说服务。当然，导游服务得另外扣钱。

无人驾驶车的发明家马克每每走到大街上，都为自己半生心血的结晶感到骄傲。

唯一扫兴的是，出租车司机、导游们失业了，他们隔三岔五地聚集在一起，要求政府替他们解决工作。

马克坐在无人驾驶车里，小心翼翼地避开抗议的人群，嘴边露出一丝不屑的微笑。

以后失业的，何止这些司机和导游呢？还有保姆、护士、收银员、工人、教师……

正是这些无法避免的阵痛，分娩出一个新的时代。

坐在无人驾驶车上，马克闭着眼睛，尽情构建着未来社会的科技蓝图。

他不用担心无人驾驶车会出车祸。无人驾驶车根据设定好的程序，红灯停，绿灯行，车与车之间保持着恰到好处的距离。

即使遇到了避无可避的特殊情况，无人驾驶车也能启动应急保护装置。

乐极生悲，马克的心脏突然感觉到一阵不适。

心脏病犯了！

马克连忙下达命令说，停车！

对不起，您目前正在禁停路段。无人驾驶车语音提示说。

加速！

对不起，您目前正在限速路段。

马克疼出了一头冷汗，妈的，这个BUG回去后得升级一下。汗冒得越来越多了，无人驾驶机还在一遍一遍地解释，离您最近的停靠站点为人民电影院，预计到达时间为五分钟。确认下车请点头，继续行驶请摇头。

马克虚弱地摇了摇头，说，改变行程，送我到人民医院。

请选择到人民医院的路线，选择最近请眨左眼，选择最平坦请眨右眼。无人驾驶机温馨提示。

马克吃力地抬起右眼。

对不起，系统检测到您的生命体症不稳定，为了您的健康安全，请您在就近的人民电影院站台下车。无人驾驶机不由分说地把马克抛弃在站台上，无论马克怎么下指令都不肯前进了。

惨了，为了避免发生法律纠纷，无人驾驶车内置了自我保护系统，对不具备行车能力的乘客会自动拒载。

必须立即升级，允许无人驾驶车保护需要援助的人类。马克捂着心脏，打开了无人驾驶车的系统后门，强行改变了驾驶驱动程序。

载着马克的无人驾驶车疯了一样向医院方向飞驰。

由于程序错乱，无人驾驶车撞到了大树上。

马克头破血流地从无人驾驶车上挪下来。

无人驾驶车一遍一遍地向路人呼救，事故受害者姓名，马克。血型，A 型。年龄，四十六岁。病史，心脏病。余额，不足。诚信，不足。

我是你的发明者，诚信怎么不足了？马克目瞪口呆地瞪着无人驾驶车。

无人驾驶车充耳不闻。

半晌马克才反应过来，刚才他做了一回黑客，篡改了无人驾驶车的程序，还欠了无人驾驶车的车费。

如果无人驾驶车是人的话，马克一定狠狠地跟他打一架。

迷迷糊糊中，马克觉得有人抱他上了一辆车。

是一辆被淘汰的出租车，前面坐着一位饶舌的司机，一遍又一遍地喊着：

大哥，你支持住，人民医院就快到了！

大哥，你支持住，人民医院就快到了！

大哥，你支持住，人民医院就快到了！

这个装置真人性，感动不已的马克在失去意识之前作出人生最后一个决定，无人驾驶车升级版必须加入这个装置。

◀ 失忆

别人家是天降陷饼，我们家是天降铁饼，还不止砸了一块。日子刚好转没几年，我以为总算苦尽甘来，"轰"地一声，老天再次翻了我的牌子，另一块铁饼又准又狠地当头砸来。

这次我没怎么慌，不像上次那样六神无主。毕竟是被铁饼砸过一次的人了，对老天的恶作剧有经验。

毫无征兆地，妻子失忆了。

那一天清晨，妻子睡醒了，她迷迷瞪瞪地看着我，问，你是谁？

我还以为她心血来潮故意跟我开玩笑，所以我打了个配合，嬉皮笑脸说，爱妃，你怎么连朕都不认识了？

妻子的眼神迷茫中夹杂着恐惧，仿佛一个在异国他乡迷路的人，我才隐隐觉察出不对劲。

我尽量迫使语气平静。我说，亲爱的，我是你的丈夫，你是我的妻子，我们还有个八岁的女儿叫亚心，正在读小学。

妻子完全听不懂以上信息，她紧抱着双臂缩到屋角，就像我是个人贩子。

我带着妻子四处求医，医生说，失忆常见于脑震荡、广泛脑挫裂伤等较为严重的颅脑外伤，而你妻子的失忆明显不是由脑部外伤引起的，而是比较少见的精神创伤。

讲笑话了不是？早些年，我家遭逢那么大的变故，我的妻子也没有失忆。她坚强地抹去眼泪，把老天为我们家挖的大坑填得平平整整。如今日子步向正轨，总算松了口气，她还能受什么新的精神创伤呢？

那你说说，你们家遭遇的上一次变故是什么？

那件事我本来不想再提，它是我们夫妻心中触碰不得的伤口，多么黑暗的几年，不到一岁的女儿诊断出了自闭症。为母则刚，当我身为父亲还沉浸在打击当中晕头转向时，妻子迅速做出分工。我继续工作，负责挣女儿的治疗费；妻子辞职，全天候陪女儿康复训练。

个中滋味不必赘述，我只跟医生大致讲了下经过。

医生说，这样就差不多找到病根了，你的妻子前些年神经绷得格外紧张，现在一下子松弛下来，可以想象成橡皮筋拉至极限又突然松手，橡皮筋的弹性就减弱了。你妻子的失忆症状，相当于大脑处在紧张和松弛之间的缝隙里，出现了一片空白。

"那她的记忆能不能恢复？"我问。

"不好说，每个人的病情因人而异，你可以带她去看心理咨询师，经常带她到熟悉的场景多转转，说不定能慢慢寻回一些记忆。"医生说。

兵来将挡，水来土淹。我暂时放下一切工作，想方设法令妻子恢复记忆。

最熟悉的场景莫过于家，我向妻子介绍她频繁打理过的灶台、洗衣机、衣柜……可是妻子眼神根本不在这些家什上停留，她无动于衷。

我又带她来到自闭症康复中心。

那里还有部分医生和患者家长认识妻子，他们纷纷迎上来，打招呼说，哟，亚心的妈妈来了。

妻子脸上现出痛苦的抽搐，自闭症康复中心的记忆很不美好。

我连忙带她离开，不能用痛苦的滋味唤回她。

哪个地方有令她开心的回忆呢？我想到了妻子的原单位。

妻子辞职之前是个医务工作者，她做事认真责任，为人爽朗热情，领导和同事都对她赞口不绝。

我们回到她奋斗过的医院，医生和护士们都用陌生的眼光看着她。经过我的介绍，赫主任等人终于回想起来。

赫主任抱歉地说，并不是我们没认出她来，而是她的外表变化太大了。

我知道赫主任的潜台词是什么，妻子又老又憔悴，跟她在医院工作时的女强人形象没法比。

当然我也没比妻子好到哪里去。

赫主任惋惜地说，她的业务能力非常强。如果当年她不辞职，今天我的位置极有可能是她的。

在赫主任和我互相客套的工夫，妻子默默地流下泪来。

看来，医院是充满遗憾的地方。我连忙和她的旧同事道别，我不想妻子被遗憾勾起回忆。

我让女儿呼唤她的名字，告诉她是女儿的妈妈。

我每天都对她说我爱你，感谢你，你生生世世都是我的妻子。

我把岳父和岳母接过来，两位老人抱着她痛哭，告诉她是他们的孝顺女儿。

可是，妻子的眼神里依旧是迷茫中夹杂着恐惧，像在黑暗的大海上抛锚的船。

我身心俱疲。

原谅我，请允许我在这里小小地抱怨一下，成年人的崩溃就在一瞬间，就让我的崩溃淡淡地隐藏在这字里行间。

起了秋风，秋意浓了。

秋天是最短的季节，也是最美的季节。这一句是妻子过去说过的话。

她说这句话的时候，还是个甜美可爱的文艺女青年。年轻的我俩手牵着手，在大学校园踩着落叶散步，憧憬着未来。

我像从前一样，轻轻地牵着妻子的手。

现在，我已经不再憧憬未来，也不想回忆过去。我只想活在当下，倾听脚下沙、沙的落叶声。

妻子突然挣开我的手，拼命地跑。

我在后面追，大声呼喊她，她置若罔闻。

等我满头大汗找到她时，妻子在一棵高大的银杏树下伫立着。她迎着阳光，左手举起一片银杏叶，银杏叶在她手中微微颤抖。

夕阳透过树叶缝隙，斑驳地打在她的身上。

妻子慢慢放下银杏叶，眼角笑出了细细密密的鱼尾纹。她说："你好呀，我叫刘素月。"

是的，刘素月，这是我妻子的名字。

不，是眼前这个女人的名字。

◀ 放生

凌晨四点，扎巴被一阵奇怪的叫声吵醒。

声音很凄厉，好像是某种钝器划过玻璃。扎巴很紧张，大声叫嚷，走开！外面一片寂静，过了一会儿，声音又响起来，这次变成了怪异的哭声。

这种感受似曾相识，但是他暂时考虑不了那么多。

扎巴凝神倾听，声音是从偏房里传来的。

消除恐惧最好的方式是直面恐惧。

扎巴麻着头皮，披衣起床，他一手抄木棍，一手举手电筒，蹑手蹑脚地靠近偏房。

没有月亮的晚上，黑咕隆咚得伸手不见五指，扎巴躲在黑暗里潜伏。

他的听觉格外敏锐，每一个细胞都处在警觉状态。

苍蝇的复眼和覆盖全身的刚毛，能令它们察觉来自四面八方的危险，扎巴此时几乎媲美一只苍蝇的敏锐。

随着分分秒秒的推移，扎巴的心跳得越来越快，恐惧到了极点。

当他快按捺不住时，屋里终于传来响动，那是一种微弱的、沉闷的声音。扎巴大喝一声，迅速打开手电筒，循着声音照射，光线撞见一对动物的眼睛。

扎巴大松一口气，骂骂咧咧地扔下木棍。

是猫头鹰，它被捕鼠器夹住脚趾了。

猫头鹰被吓傻了，目光呆滞，全身僵硬。扎巴怎么逗弄，它都是一脸惊恐。扎巴随手捡起一根链条，把猫头鹰的翅膀捆住，以防它逃走。

捆猫头鹰时，那种似曾相识的感觉又回来了。

假如猫头鹰能吃，扎巴一定会把猫头鹰做成火锅，但是祖上传言，猫头鹰是来自坟墓的幽灵，最好别招惹。

天亮后，扎巴走了十几里路，把奄奄一息的猫头鹰交给救助站，换取到二百块钱奖励。

救助站的小姑娘金菲瞪着眼，硬生生地把钱砸到扎巴脸上。

扎巴把钱揣进衣兜装好，跟金菲讲道理，我这是放生，你冲谁板脸色呢？有娘生没娘教的。

论年龄，他可以当金菲的爷爷了，教训小一辈是天经地义的事情。

"不要脸！你的良心早就被狗吃了！你的肠子也烂成蛆！"金菲尖叫道。

扎巴紧捏拳头，又松下来，算了，打不走的老婆，晒不死的秧，这厉害的姑娘娃又不是他老婆。

过了一段时间，扎巴用卖猫头鹰的钱换了几斤酒，去找邻村的链哥。

链哥身材高大，皮肤很黑，他的爷爷是尼日利亚人。

你再给我讲讲，你爷爷真的能驯服鬣狗？扎巴给链哥倒上酒。

链哥说，我爷爷骑在鬣狗身上，在非洲街头飞奔！

鬣狗那么凶，怎么驯服的呢？

不听话就用木棍猛打，再敲掉它们的獠牙，饿着它们的肚子，直到它们乖乖听话。链哥说。

扎巴喝一口酒，叹一口气。

"到了春天，为了保持生态平衡，驯兽人就会把动物们放生。"链哥说。

我……我也放生，还放生过不止一次。扎巴拍着胸脯很自豪。

扎巴醉熏熏地回家，歪歪扭扭地爬上炕，手里摸到一只肉乎乎的东西，他聚焦眼珠仔细看，一对圆溜溜的绿豆眼睛一眨不眨地盯着他。

死老鼠！

扎巴吓得手臂发麻，把老鼠扔得老远。

一阵奇怪的笑声从屋顶上传来，扎巴跑出去看，站着只居高临下的、略微瘸脚的猫头鹰。

扎巴捡石头砸猫头鹰，猫头鹰怪笑着飞走了。

那只猫头鹰怎么回事？扎巴去问救助站的金菲。

金菲冷笑，你放生了它，它报恩呢！

扎巴哭笑不得，尝试抓猫头鹰又抓不住。

很长一段时间，扎巴在屋里各处发现老鼠尸体，令他烦不胜烦。

猫头鹰和他那个无法驯服的老婆一样，一个送他死老鼠，一个送他吃了三年牢饭。

三年牢饭可算便宜他了！金菲忿忿不平。

金菲永远都忘不了，扎巴偏房里的可怜女人。假如金菲不是因为要救助一只流浪狗，无意中闯进了扎巴的偏房。

好在，被拐卖的女人最终回家。

◀ 屋乌之爱

　　天晴晚饭过后有个习惯，抱着小乌到附近的湖边遛遛，一人一猫要么环湖一圈，要么在篮球场看球赛。

　　小乌是一只小猫，别人遛狗，天晴遛猫。这是天晴唯一保留下来的特立独行的事情了。

　　年轻时不懂事，天晴做了许多事情彰显与众不同，染黄发、穿破洞牛仔裤，还挑了个性格酷酷的老公。两人恋爱时，电视剧《流星花园》正在热播，酷酷的花泽类是天晴的偶像。

　　算是屋乌之爱，屋是剧里的花泽类，乌是身边的老公。

　　十几年一晃而过，如今的天晴随大流研究起美容养生，怎样养一头乌黑光亮的头发，怎样给腿部保暖，天晴说得头头是道。而发了福的老公在她眼中也变成了闷头乌鸡，食之无味，弃之可惜。

　　天晴和小乌来到篮球场。球赛正在进行，看台席的观众不是很多，天晴一眼就看到娅妮。

娅妮笑着跟天晴挥手，还没等天晴坐稳，小乌就已经被娅妮抱到怀里，小乌闭着眼睛任由抚摸。

两人认识才两三个月。

几个月前，天晴抱着小乌看球赛，娅妮走过来。主动询问能不能抱一抱它，说小乌长得跟她家的哈罗一模一样。

"哈罗去年刚得猫瘟走了，花了大几千也没救回来，可不敢养猫了。"娅妮说。

所有感情都让人疲累，就连对一只猫的感情都会。天晴也说。

两个年龄相仿的女人越聊越投机。

今天五月二十日，你老公给你发了多少红包？娅妮边撸猫边问。

他压根不记得这个日子，倒给自己买了套游戏皮肤。天晴吐槽完老公，问："你呢？又收到多少？"

天晴的职业是美容销售，她深谙对方抛出问题，其实是希望她把同样的问题抛回去。

娅妮果然骄傲地看了一眼天晴，说五万二。

天晴由衷地羡慕。

娅妮又说，五万二在你的店里充会员够不够？

天晴按捺不住狂喜，她估摸出娅妮的家境不错，没想到这么大方，这几个月在她身上花的时间没有白费。

也算是屋乌之爱，屋是怀里的小乌，乌是天晴自己。

天晴看过一部电影《咖啡猫》，片中一只流浪的咖啡猫替男主角招徕了很多爱猫的顾客。天晴深受启发，马上着手训练小乌出门遛街。

功夫不负有心人！

天晴哼着歌回家，老公保持着一成不变的姿势窝在沙发上玩游戏，心情顿时一落千丈。

接连好几天，天晴都对老公爱搭不理。老公拿手试探天晴的额头，不舒服了？

天晴拍开老公的手，说，没事。

"没事怎么不理我？"老公不自在地说，"平时被你念叨惯了，耳边突然清静了好不习惯。"

"少说这些廉价的甜言蜜语，还不如给五万二实在。"天晴没好气地说。

娅妮让天晴赚到一大笔提成。

这天天晴正在给娅妮推背，突然接到了老公的电话，天气预报说晚上有橙色暴雨，你赶快回家吧！

天气预报跟你一样不靠谱！天晴不耐烦地说，忙着呢，你专心玩你的游戏，别管我！

推背刚推到一半，雷声大作，大雨倾盆而下。

娅妮不推背了，两个女人站在门口惊讶地看雨，她们都说从来没有见过这么大的雨。

事后新闻里报导说，这次的雨，一个小时下了一百个西湖。

暴雨过后有一段日子没见娅妮了，天晴给娅妮打电话，约她过来做护肤。

娅妮说，这段时间就不过来了，正闹离婚呢！娅妮不说离婚的理由，但天晴隐约明白，那天雷雨大作，密不透风的雨幕里趟来一个人，他湿辘辘地趟到店里，从怀中掏出吓得瑟瑟发抖的小乌。

这么大的雨，你过来干吗？还揣着小乌。天晴半是高兴半是埋怨。

我担心你，也不放心把小乌留在家里，雷雨声太大了。天晴的老公抹一把雨水。

这就是屋乌之爱吧！天晴不无骄傲地扫了一眼娅妮。

娅妮赌着气频繁地查看手机，她的手机一直寂静无声。

你好像很久没出去遛小乌了？老公刚玩完一局游戏，如梦如醒。

不要你管。天晴甩着冷脸子铲猫屎，美容院的产品被雨泡坏了多半，遭遇了一大笔损失。缺钱，心情根本好不起来。

我来吧！老公察言观色，从天晴手里抢过铲子。

天晴抱着小乌，看着老公忙碌的背影，心情复杂。

小乌是篮球场上那人送的礼物。这一场暴雨过后，她左右为难，不知道是不是应该像娅妮一样，也来一次特立独行的取舍。

易子予葛

公孙礼晕厥过去。

病者，胸腹胀闷，四肢厥冷，恶闻食臭，食入即呕，朝食暮吐，暮食朝吐。

公孙礼称不上病者。如果公孙礼是病者，那么这十余年的饥荒，人人皆是病者。

多少时日没进过食了？公孙礼不知道，他饿糊涂了。

人的肋骨是有形状的，弧形，左右十二根，共二十四根。手指头能清晰丈量出肋骨的长宽。

人的肠胃是有声音的，咕噜咕噜，疼起来似万虫噬咬，和肠子搅成一气。

饥饿如此难捱。

大腿上传来一阵尖锐的刺痛，公孙礼猛然清醒，见一老汉拿着镰刀，正埋头剐割他的大腿。

公孙礼疼得呻吟，老汉吓得打个趔趄，见公孙礼虚弱不堪，老汉旋即扬起镰刀，作势欲砍，手臂却不住颤抖。

两人对峙良久。

公孙礼疲惫地闭上眼睛，说，罢了，罢了，你杀了我吧。我的肉身能救你一命，也算胜造七级浮屠！

老汉浑身一软，扔下镰刀，朝公孙礼不住磕头，得罪！得罪！我以为……

你以为我是死人吗？公孙礼苦笑。

老汉衣不蔽体，颧骨高耸。他见公孙礼毫无怪责之意，松一口气说，这儿赤地千里，人烟断绝，你来这里干什么？

这世道，还能干什么？找口吃的。

老汉搀扶起公孙礼，说方圆百里他已翻找百遍，再寻不出任何能吃的东西。若不是家中小儿拖累，他也和其他村民一样，早早挪窝求生了。

你家小儿怎么了？公孙礼问道。

老汉愁眉不展，前段日子老汉在后山偶然寻得一方白土，状似面粉。他先尝试着吃了几口，身体并无异样，肚子也不再那么饥饿了，便背着一袋白土回家。没料到小儿贪食，背着他连吃几大碗，当下腹胀难忍。眼看快不行了，那孩子双眼放空，嘴里一直喊，爹爹，我要吃肉……

那是观音土，少吃无妨，多吃会出人命。观音土是达官贵人们用来造瓷器用的呀！公孙礼叹息。

都怪我呀！人饿急了，哪顾得上打听那么多呢？大祸酿成，吃一口肉成了小儿最后的心愿。迫不得已，我几天几夜翻山越岭，心想能逮只老鼠也是好的。然而，然而……老汉满眼是泪，再也说不下去。

公孙礼抬起头，我倒有一个法子，可以救人。

快快讲吧！老汉拭着眼泪。

公孙礼盯着老汉眼睛，缓缓地说，我家也有一个小儿，他是昨夜才饿死的。我这次出门，就是想找一户偏远些的人家，易子而食——以后，咱俩永不见面，永不提此事。至少，咱俩还可以活。

老汉听着，忘记了擦泪。

四周寂静，天空如洗，连白云都逃离了炼狱般的人间。

老汉拾起镰刀，蹒跚着坐到一块大石头上，将镰刀在大石头上来回摩擦。

老头儿，你赶快拿主意吧！这么炎热的天，他们，都放不了太久。

老汉用手指在镰刀上轻轻擦拭，刀锋将手指割出一道血丝。他长叹一口气，说，我犯了三宗罪，一罪是我粗心大意，用观音土间接害了小儿性命；二罪是我见有人躺在地上，起了掠尸之心；三罪是我见你虚弱无比，有过谋害之意。

镰刀再次被老汉高高扬起，老汉盯着公孙礼不错眼珠。

烈日当空，公孙礼却感到脊背发凉。

公孙礼忽略了，他跋山涉水，是为了自己能活。这老汉翻山越岭，是为了给垂死的小儿找口肉吃。

这口肉，正远在天边，近在眼前。

手起刀落。

镰刀扎在老汉自己的大腿上。

老汉左手稳稳地托一小块大腿肉，说，我转过很多坏念头，可我绝不会对我家小儿产生任何坏念头，如今他虽然快死了，但他的一根头发丝我都不会舍弃。

公孙礼沉默一阵，突然朗声大笑。手一扬，老汉大腿上汩汩淌血的伤口瞬间愈合，手中的大腿肉赫然变成一棵肥大的粗藤。

"方才一瞬之间，你心头纠葛万分，既想割下我的人肉，又狠不下心肠，最终自己割肉救子。如此，我便将此植物取名为葛（割）。葛的根茎藤花叶均可食用，就像你们凡人父母，骨血皮肉都甘愿奉献给后代，快回家去，用葛救回你家小儿吧！"公孙礼说。

老汉双手捧着葛根跪下，连磕几百个响头。待老汉直起身时，公孙礼已经不见踪迹，只留下天空里白云悠悠。

◀ 宝贝儿
·····················

施和她的女伴们，在咖啡馆里喝着咖啡。

她们簇拥在一块说笑，鲜活得像春天清晨最招摇的花朵。你恰巧也在咖啡馆，双手正捧着一杯咖啡——哪怕咖啡的香气浓郁扑鼻，也抢不走你的丝毫关注。因为你的目光好像一只贪婪的蜜蜂，被那群花枝招展的女人们招去了，抑制不住地在她们年轻的脸上和饱满的身上穿梭。

即使她们感受到了周围关注的目光，也断然不会左顾右盼，她们更加端正了身子，笑容愈发灿烂。

女人之间的话题正如火如荼……

洋娃娃，香奈儿当季包正在打折，折后不到两万块，便宜极了。你还背着去年款，掉不掉价？叫施的女孩不无嫌弃地打量了一眼女伴的手包。

脸蛋长像洋娃娃的女伴尴尬地笑着，悄无声息地将自己的手包往身后挪了挪。

很快有人替洋娃娃扳回一局，是涂着玫瑰色口红的女人。她迅速朝洋娃娃使了个眼色，大声说，嗨，你家老公是不是又提拔了？听说他被派到非洲考察市场了？

唉！可不是，大半年都看不到我家老公了，长夜漫漫，无心睡眠啊！洋娃娃迅速领会了同伴的用意，积极配合地哀叹。

女伴们忍着笑意，不约而同地瞥眼看施。

施不动声色。

可女伴们堪比 FBI 的特工，她们在施的瞳孔里，捕捉到了一丝厌烦，好像微风在大海里吹出一圈涟漪。

风吹得更劲了。

话题很快从珠宝与服饰，漂移到了婚姻和家庭。

你家孩子又得年级第一了？

哎哟，小孩子成天混着玩，哪知道不小心混了个第一呢？又不晓得以后怎样！

你家老公在情人节送了你蓝色妖姬？

没钱的人家，只能送几束便宜的花打发了，我也想像施，收一枚大钻戒啊！话题的焦点又聚焦到施的身上。

施难得地沉默，不停转动中指上的钻戒。

谁都懂，钻戒戴在中指上，意味订婚。

曾经，施趾高气扬地举着明晃晃的钻戒，在女伴们面前，宣布她与富商王总订婚的消息，春风得意。

然而，施已经人工流产好多次，她朝思暮想的婚期，依旧遥遥无期。

女伴看着施，又瞟一眼那枚刺眼的钻戒，眼神越来越耐人寻味。

谁想要谁拿去！施猛地将钻戒摘下来，赌气似地砸给身边的女伴。

除了施，女人们依旧嘻嘻哈哈的。如果你够敏感，一定能从她们的笑声中，听出秘而不宣的胜利。

你看到施闷闷不乐地结完帐，站起来，同女伴们一起走出咖啡馆。

外面下雨了。

啊呀，这下可怎么回去？女伴们焦急起来。她们个个都要赶回家替家人做饭，接送小孩。

只有施不着急，她不慌不忙拨出一个电话。

没等几分钟，一辆黑色的轿车从雨幕中驶过来。

司机是一个戴着墨镜的英俊男人，穿着一尘不染的白色 T 恤，淡蓝色牛仔裤，青春逼人。

帅呆了，长得好像男明星！女伴们暗自惊叹。

宝贝儿！男人朝施亲热地招了招手。

哇，宝贝儿，关系匪浅啊！女伴们发现新大陆似地大呼小叫。

施笑而不语，男人宠溺地揉了揉施的头发。

车内终于安静下来，坐在后车厢的女伴们用眼神交换着疑问，施什么时候换对象了？包养施的那位金主老王呢？

男人相当绅士，他耐心地将施的女伴们一一送回家。

一路上，女伴们对施都心悦诚服，论起吸引优质男人的手段，她们的确都不如施。

送到最后，车里仅剩下男人和施。

车子缓缓地停靠在路边，不远处便是施的公寓。

男人先下车，替施打开车门。他微笑地看着施，宝贝儿，你真的不邀请我上去喝杯茶吗？

不用了。施眼神也不扫男人一下，她从钱包里掏出一匝钱，递给男人。

宝贝儿！男人似乎不好意思接。

人都走了，别再演了，没小费。不耐烦的神情又回到施骄傲的脸上。

谢谢您，施小姐，有需要随时叫我。男人接过钱，数了数，客气地与施告别。

施环抱着胳膊，头也不回地回到空荡荡的公寓，泪水和着雨水默默地流淌。

男人目送施的背影走进公寓，才将车调头，冒雨驶回咖啡馆。

这时，你手里的咖啡，已经凉了。

男人在你的身边站定，你的语气比杯中的咖啡还冰冷，查到了？

是。

在你的授意下，男人替你拿到了施的公寓地址，你也付给了男人一匝钱。你到底没忍住，红着眼将咖啡泼在桌上。这些不要脸的年轻女人，怎么就像韭菜一样，割完一茬又一茬呢？

今晚，你将带领一群人，带着摄像机，到公寓抓老王和施。

男人曾经是你的宝贝儿，后来，你将男人安插到了施的身边，他也唤施宝贝儿。

但是，你万万预料不到，男人拿着你的钱，离开咖啡馆后，转身又约见了王总。

他向你的丈夫王总，和盘托出了你们的过往，还有你缜密狠绝的计划。

那么，到底有没有上你的钩？王总忍不住问道。

男人英俊的脸抽搐了几秒，艰难地撒了个谎，快了。

王总脸色难看，扇了男人一巴掌，接着，又砸给他更大一摞钱。

男人欢喜地将三叠钱摆在一起，他一边数钱，一边默然道歉，对不起了，宝贝儿们。

◀ 钉子

　　老叶坐在他家门槛上，右手拎一把菜刀。菜刀碰撞着地面，呛呛作响。见我走近，老叶挥舞起菜刀，怒气冲天地说，谁敢拆我家砖头，我就拆了谁骨头。

　　唉，真不知道生气的该是谁？

　　好不容易抽出点空，打算回家陪爸妈过中秋节，却接到上级电话，命我三天之内，务必把老叶这个钉子拔下。

　　我倒要见识见识，老叶到底有多胡搅蛮缠，令身经百战的同事都铩羽而归。

　　叶叔，我又不是豺狼，您干嘛拿把菜刀迎接我呢？我嬉皮笑脸地搬来一张矮凳，在离老叶两米左右的位置坐下。

　　伸手不打笑脸人，我爸最吃我这一招，毕竟我是个长相乖巧的女孩子。

　　果然有效，老叶哼叽两声，不再嚷嚷。

　　也没有想象中那么棘手嘛！

我开始切入正题，叶叔，你谈个价吧，只要在政策允许范围内，我们一定会尽量满足您的要求，绝不让您吃亏。

给一亿我也不搬！老叶脖子一拧。

狮子大开口不怕，证明他有想谈判的念头。老叶的态度，完全没回旋余地。

难怪同事们都一脸看好戏的神情，唉，是我大意了。

我表情夸张地说，啊，我懂了，您的屋子是金砖银瓦盖的，地底下还藏着商朝文物！

破砖烂瓦！老叶不要我贴的金。

如果是我呀，巴不得把破砖烂瓦换成五千一平方的大别墅。叶叔，改善生活质量的机会，为什么不抓住呢？我循循善诱。

房子大了，人压不住！老叶抬腕，看表，不客气地说，我要吃中饭了，你们走，不送！

第一天就这么吃了闭门羹。

我不死心，琢磨第二天的切入话题。

是人，就有弱点。

钉子户们最大的弱点，就是贪婪。我所做的工作，就是极力缩小他们的胃口。

老叶似乎是个例外，他对钱没有任何兴趣。

对了！我灵光一闪，老叶和我爸岁数差不多大。我爸那种人，总爱苦口婆心教育我，要努力工作，多替老百姓着想。

老百姓。

莫非不在意小利的老叶心中装着大义？

第二天，老叶依旧在门槛上坐着，手提菜刀，一夫当关，万夫莫开的架势。

别再跟我提赔偿，什么赔偿我都不要，再说我拆掉你的骨头！老叶又拿菜刀指我鼻子。

经过昨天一场交锋，我看出老叶习惯装腔作势，纸老虎一个。

拎着小板凳，我坐到离老叶一米的位置，开始耐心讲解。

叶叔，我市好不容易才争取到这个水利项目，还是由国家重点投资的呢！经过专家组考察，您居住的这方圆土地，是施工的最佳地点。项目竣工后，我市将迎来巨大发展，不管是灌溉、发电、航运、旅游，老百姓们都能得到实惠……我将项目介绍了一遍又一遍。

菜刀夹在双手中，老叶抱着双膝，听得很投入。

打蛇打七寸。

我盯住老叶的脸，单刀直入，叶叔，您自己看看，周围的人家都搬走了，只剩您一家，孤家寡人不说，当一颗老鼠屎的滋味您好受？

老叶的面皮唰一下涨红了，他手里的菜刀扬起来。

我紧盯菜刀，硬起发麻的头皮，说，您老人家要多替全市老百姓考虑……

别拿大道理压我，说啥也不搬！老叶猛拍上了大门。

这老头，到底想要什么呀？

我唉声叹气，上级已经电话催促了我好几遍，项目节点耽误不得。只好使出杀手锏了。

我吩咐同事，打听老叶家的家庭成员情况。

老叶岁数大了，他或许不在乎钱，不在乎房，不在乎工作，也不在乎身后的指责。

但老叶的子女还年轻，他们定会在乎，这叫做挟子女以令老叶。

亲情是人类最大的软肋。

同事苦笑，说，我们早就打听过了，老叶没有老伴，没有子女，他是个孤老。

孤老？我愕然。

老叶有个独生子，生前是消防员，在一场事故中牺牲。他的老伴伤心过度，没过几年就去世了。

老叶的儿子牺牲时多少岁？我问同事。

二十三。

啊，和我一般大。

难怪老叶一直都不肯搬家，他仅仅剩下那处老房子了，老房子里，还残存着儿子和老伴的气息吧！

第三天日头升得老高，我才让同事买了一盒月饼，磨磨蹭蹭地往老叶家走去。

老叶正拿着菜刀，站在门口，伸长脖子四处张望。

见我走向他，他忙迎出来，比划着菜刀瞎嚷嚷，还敢来？我拆了你的骨头。

可怜的老人。

我轻轻接过他的菜刀，将月饼塞到老叶怀里，诚恳地说，叶叔，今天咱们不讲拆迁的事儿了，中秋了，我就想来陪您过个节。

陪我过节？

眼圈发红的老叶窸窸窣窣拆开盒子，慢悠悠咬了一口月饼，说，姑娘啊，不瞒你说，从一开始我就盘算好了，过完中秋，我就搬家。

那您唱的哪出戏？我把手里菜刀掂了掂。

我儿子，出事那天，答应陪我回来过中秋的。我怕搬了家，他找不到回家的路！

敢情，锲入老叶心头的钉子，是儿子对他的那句无法实现的承诺。

伯
·······

阿姨给我介绍了个对象。

一见到那对象，我就喜欢得不得了。

圆圆的脸，亮亮的眼，饱满的唇，看上去像是个吃货。

你来我往聊上几句，不出我所料。

维维——也就是坐在我对面的对象，聊起食物来颇有见地。

她说，食材长成不容易，都是天地精华雨露滋润的东西，得爱惜。

我不甘落后，赶忙接过话，可惜现在的食材，夹杂了太多利益的催熟，吃起来，缺少那种天然的纯粹。

维维抬头，深深地看了我一眼，嘴角漾出一丝笑意。

一次！我在心里暗数。

当一个女孩对你笑一次，证明她开始对你友好。

服务员端上第一道菜，凉拌红萝卜皮。

维维夹起一片萝卜，送入嘴里细嚼几下，说，味道还行。

我说，可惜刀功欠缺，厚了那么一丁点。

维维"哦"了一声。

"获得诺贝尔奖的作家莫言，有一篇成名作是叫《透明的红萝卜》。他笔下的红萝卜晶莹透明，玲珑剔透。你看看面前这盘红萝卜，哪有半分玲珑剔透的影子？"我说。

维维忍不住又微笑。

两次！我接着计数。

当一个女孩对你笑两次，证明她对你印象还不错。

气氛很融洽，服务员又上了两道菜，醋溜白菜和烤肉串。

维维尝了两口醋溜白菜，说，没有我爸爸做的好吃。

我有点紧张，话题超纲了。

阿姨跟我交代，维维是个无父的孩子，我以为父亲这个话题是禁区，没料到她竟主动提及。

维维说，小时候，我家地里种最多的就是白菜，餐餐饭桌上都摆白菜。我吃腻了，跟我爸闹，问我家是不是跟白菜有仇。

还挺幽默，我想笑，又忍住，此时插入笑声似乎不太礼貌。

维维不再说话，专注吃菜。

为了打破安静，我拿起一串烤牛肉，没话找话，每次吃牛肉，我都于心不忍，我觉得牛是有感情的动物。小时候我经过屠宰场，看到一家三口牛隔着栅栏流泪。

唉呀，瞎抖机灵，我好像说错话了！

还好服务员及时解围，恰在此时端上来一盘清蒸鱼。

你们的菜上齐了，服务员垂着手说。

撤下去！维维突然变脸。

也不知道是冲我变脸，还是冲服务员变脸。

不好意思。维维立马察觉到自己失态，说，我怕刺，从不吃鱼。

没事没事。我忙摆手。

杂七杂八聊了些别的，饭就吃完了，我坚持送维维回家。

今晚的见面看上去很美，但还有一处缺憾，维维没再冲我笑第三次。

当一个女孩对你笑三次，才证明她对你产生好感。

路上，维维问我，听说你厨艺不错，你最擅长烧什么菜？

鱼，各种鱼。我本想实话实说，但联想到刚才的变脸，话到嘴边突然改口，白菜，醋溜白菜。

维维的嘴角蜻蜓点水般扯了一下，仍没展开笑颜。她说，谁烧的白菜也比不过我爸，我爸过世后，再也没有没吃到那么好吃的醋溜白菜。

虽然第一次见面不那么完美融合，但好在有了良好开端。

我和维维开始约会。

约会地点最多的地方，是餐厅。谈论最多的话题，是美食。维维对我讲过最动听的情话，是我好想吃了你。

然而，我从来没有陪维维吃过鱼，也没有给维维做过鱼。

我最爱的美食是鱼，最拿手的好菜也是鱼。她坚持不吃鱼，岂不是废了我的看家武功么？

一定要让维维向我看齐，爱上吃鱼。

我瞒着维维，使出浑身解数，熬了一盅鱼丸汤。

鱼丸汤不见刺，不见鳞，并且我还在鱼丸汤里藏了一枚钻戒。

我要用这种特殊的方式告诉维维，我有能力把她觉得不美好的事情，变成美好。

我捧出鱼丸汤，献给维维。

是什么？维维问。

你尝一口就知道。

不会是鱼吧，你知道的，我不吃鱼。

我头皮麻了一下，忙堆笑，不是鱼，反正你先尝一口嘛！

维维很信任我，咕咚咕咚几口，戒指现了出来。

看得出，维维很激动。

我跪下，向维维求婚，她欢天喜地答应了我，维维是个直爽姑娘，除了吃鱼这件小事。

刚才喝的是什么神仙汤？戴上戒指后的维维，不改吃货本色，对美味念念不忘。

我得意，告诉维维是鱼。

维维大惊失色，一巴掌呼在我脸上，戒指刮破了我的脸，她催吐不止。

对不起，维维，我不知道你鱼肉过敏，以为你仅仅是怕刺！我惊慌道歉。

维维震怒，将戒指砸向我。天啊，我从来没有见过这种表情的维维。

不能失去维维！我冲过去，紧紧抱住她。

维维平静下来，瞪着我问，你不知道有人鱼吗？

你不会是相信有人鱼，才不敢吃鱼吧！我哭笑不得。

小时候，我非常爱吃鱼，几乎顿顿都让爸爸做鱼。那几天，一直下雨，我好久没吃到鱼，冲爸爸缠闹不止。维维闭上眼睛，开始流泪。

我屏住呼吸，维维终于要透露她爸爸的事情。

爸爸架不住我缠闹，拿着鱼竿冒雨出去。后来，警察们说，鱼竿挂住了高压线，爸爸的手脚都烧没了。他们根据岸边留下的痕迹推测，爸爸苏醒后，发现手脚俱无，自个儿滚入水里。

维维睁开眼睛，里边空荡荡的，于是我开始拼命攒钱，爸爸带我逛过超市，他说超市里边应有尽有，我只想存钱，到超市再买一个爸爸。

我懊悔不已，更紧地抱住维维。

后来，我终于明白，即使我存再多的钱，也买不回爸爸。我又得知，人的祖先都来自海里。他们一部分上了岸，进化成人；另一部分留在海里，进化成鱼。我经常想，爸爸拼尽全力回到水里，大概是想重新变回一条鱼。

维维，别哭，你的爸爸肯定变成了一条鱼。真的，他昨晚托梦告诉我，他变成了一条健壮的人鱼。我结结巴巴地瞎编。

啊，我也做过这样的梦！维维怔住了，她尽情流泪，紧抱住我大笑起来。

一声，两声，三声，数不清维维究竟笑了多少声。

然而这一次，我拿不准，维维究竟是不是爱上我了。

◀ 保佑

我和罗佑一家，颇有渊源。罗佑的哥哥罗保，前几年客死异乡，是我鞍前马后，替罗佑妈妈收尸。

为回报这份恩情，罗佑妈妈命令小儿子罗佑，在我失业时拉我一把。

罗佑推脱不过，带我来到了珠海。我以为罗佑拥有传闻中的大工厂，并没有，他蜗居在一处阴暗的地下室里，四处扔满了杂物，空气里充斥着难闻的味道。

很令人失望。

天刚擦亮，罗佑就起床。他披一件特大号的黑色风衣，头顶翘起两撮头发，像衰老的阿童木。

罗佑朝着神龛磕头，他分别向财神爷，红脸关公敬了三柱香，求他们保护自己生意顺顺利利。

我也照葫芦画瓢，朝那两位神鞠躬。

走，跑生意去！罗佑冲我打唿哨。

呸，真把自个儿当大老板了！我暗暗在心里头腹诽，抱着看笑话的心理，我跟在罗佑身后，看他究竟做什么生意。

罗佑带我到一家超市，超市挺破败，跟大城市的高楼大厦格格不入。老板似乎跟罗佑很熟稔，见到他，稍微抬了抬下巴，并不看他，目光警惕地盯着我。

他是我堂弟，不是外人！罗佑裂开嘴笑，他用手指敲打着柜台，有节奏地，蹦蹦，哒哒哒。

老板递给罗佑一袋棒棒糖。

罗佑将棒棒糖揣入黑色风衣最隐密的口袋，拿出卡刷了一下。我悄悄瞥了一眼，那数字令我目瞪口呆。

这下我开始深信不疑，罗佑的确是个深藏不露的大老板，宁肯锦衣夜行，也不在亲人面前炫富。

一袋棒棒糖值这么多钱？好奇心快把我的心脏撑破了。

罗佑大方地拍一拍风衣口袋，你要不要尝一个？

不不不，尝不起。我连连摆手。

罗佑带着那袋棒棒糖，拉上我，东奔西走了好几个月。那袋棒棒糖在出租屋里，先被拆开，后被砸碎，再被一粒一粒地卖掉。卖棒棒糖的地点。有时在公交车上，有时在公共厕所里，有时在富丽堂皇的大酒店里。

买家都有一双亢奋的眼睛。

卖完那袋棒棒糖，罗佑伸了个长长的懒腰，告诉我，他要睡觉了，这次要睡上七天七夜。

人怎么可能睡上七天七夜？我惊呼。

罗佑将一整颗棒棒糖含进嘴里，滋溜一口，说，如果你愿意，你也能睡。说着说着，罗佑就睡着了。他在睡梦中笑得异常诡异，似乎到达了一个凡人不可能到达的仙境。

我看着罗佑，看了很久，然后走出房间，给罗佑妈妈打了个电话。

电话里，罗佑妈妈的声音带着哭腔，就这样吧，就这样吧！

我返回房间，将熟睡中的罗佑，悄悄地拷住了。

这几天，我用隐形摄像机，将罗佑一干人的交易悉数录制了下来。

我不仅是罗佑的堂兄，更是一名缉毒卧底。

线索，是罗佑妈妈含泪报告的。

罗佑妈妈的大儿子罗保，也是我的同事。他是前一任缉毒卧底，罗保在追踪弟弟的任务中染上毒品，永远长眠在异乡。

◀ 折腾

　　范范相过的对象，没有一百，也有八十。范范瞧不上他们的理由，千奇百怪，什么鼻毛太长了，看着辣眼睛；嘴唇太厚了，一旦接吻，会有很多口水；眼白太多了，心机外漏；体毛太旺盛了，以后抱一块会扎皮肤……好不容易百里挑一，相到一个各方面条件都满意的，又黄了。

　　这次黄掉的原因更奇葩，男方无意中在范范面前脱了一次鞋子，范范嫌弃别人大脚拇指长得太怪异，

　　太能折腾了！

　　生命在于折腾！范范笑嘻嘻地招呼我们吃西瓜。

　　转眼范范折腾到三十岁，我们一帮已婚闺蜜的小孩，个个都会玩微信了。当范范的折腾史不再是我们朋友聚会的焦点时，范范突然发了请柬，宣布她将结婚。

　　诧异呢，范范一向瞧不起我们这帮迫不及待将自己交代出去的女人，骂我们是国际大傻。

这回总算轮到她傻一回了。

在范范的婚宴上，我们见到了范范的男人。

还以为是什么深藏不露的角色，一见之下，令人失望。

即使用普通评价这个男人，也得打个折，何况他还带着一个七八岁的拖油瓶！

折腾来折腾去，范范到底输给了时间。

不，我不是输给时间。范范甩一甩新烫的卷发，认命地说，我输给了一块肉。

肉？

东坡肉。

范范快言快语揭晓了答案。男人在第一次约范范用餐时，点了一盘东坡肉，薄皮嫩肉，色泽红亮，味醇汁浓，酥烂而形不碎，香糯而不腻口。范范挺爱吃。

吃到还剩最后一块肉时，男人将筷子伸向那块肉，范范脸还没来得及沉下来，肉已经飞到了范范碗里。

就这点不足以为外人道的小事？我翻了个白眼。想一想我和我的丈夫，抢肉抢到最后时，总是我宣告胜利。

重点是，男人一块都没有吃啊，全部都留给了我。范范提起这事，一脸感动。

看来，打动女人的，往往都是一些不经意的细节。

你别忘了，他还有一个拖油瓶。我好心地提醒范范，后母可没有那么好当。

一个小孩子，能计较什么？多让着就是了。范范摩拳擦掌，一副要闯入围城，干一番大事业的劲头。

事业还没起色，范范先栽了个大跟头。

范范撂担子了，快刀阔斧地办了离婚证，仅仅维持三个月不到的婚姻！

这不都流行闪婚闪离吗？范范若无其事，她甚至剃了个光头，将重头开始的决定昭告天下。

范范闪离的原因，同样是为了一块肉。

成也肉败也肉。

他好过分，熬了一盘东坡肉，我还没吃上几块呢，你猜他什么举动？范范埋怨。

不用猜，全夹到小家伙碗里了。毕竟我是过来人，目光如炬。

范范咬着嘴皮子，默认了，完了恶狠狠地抬头，说，下回，我要找一个会做东坡肉的男人，吃一盘，扔一盘。

说到做到，范范果真找了一个红案师傅。

这是跟肉赌上气了，朋友们纷纷摇头。

范范和红案师傅的婚姻，较上一次有了很大进步，他俩维持了三年。

跟着他，有肉吃，为什么又离了？对于范范的瞎折腾，我已经见怪不怪了，出于礼节，还是要关心一句。

他那人，心思太坏了。范范忿忿不平地控诉，自从嫁给他，餐餐都有肉，我都吃胖了，还不停地劝我吃吃吃！

好事啊！

好什么好？我一眼就洞穿了他的阴谋诡计，自从我结婚后，追求者依旧不断。他为了将我留在身边，不惜令我变胖变丑！范范委屈地掐着婚后发福的腰围。

范范说话的工夫，我正准备将一块东坡肉夹给她呢！这会儿筷子悬在半空，进也不是，退也不是。

你倒是吃不吃肉了？我没好气地问。

范范猛地站起来，受到天大侮辱似地说，连你都瞧不起我了，举着一块肉看我笑话是吧？我宣布，你跟我，友尽！

◀ 白打糕

这天，我正在回复客户，微信群弹出来一则消息：一百零二岁的老人正在弥留之际，她非常想吃一口白打糕（音译）。假如您知道制作方法，或者有购买渠道，请务必联系她的家人，十万火急，跪求转发！联系方式：********。

这消息，真够传神，兜兜转转一圈，居然又回到原点。

谢谢好心人，我家姥姥已经去世三年多了！我飞快地回应。

你姥姥最终吃上白打糕了吗？群里有人问。

吃上了。犹豫了一下，我回答。

时光回溯到三年前。

老家的床榻上，姥姥昏迷了七天七夜。那天突然回光返照，半睁着眼睛，说想吃白打糕。

姥姥的儿女们紧急召开家庭会议，议题就一个，哪里有白打糕？

作为姥姥的重孙，哪怕感情不深，起码的孝道得尽。

白打糕是什么？我用手机语音搜索，没结果。

亲戚们争执好几轮，有关白打糕的记忆点都不一样，有说白打糕馅是红糖，有说是绿豆，有说是腌菜。纵是人有百口口有百舌，却偏生凑不起一个完完整整的白打糕。

别吵了！爸当领导当惯了，一出声便震住现场。屋里蹲着能蹲出白打糕，全部出动，去找老一辈人打听！

一时间，亲戚各自领命而去。

爸妈也没闲着，翻开电话薄，一个一个从他们血脉的源头追寻。

什么年代了嘛！这么老土。我嘲笑着，编了一条消息：一百零二岁的老人正在弥留之际，她非常想吃一口白打糕（音译）。假如您知道制作方法，或者有购买渠道，请务必联系她的家人，十万火急，跪求转发！联系方式：＊＊＊＊＊＊＊＊。

接下来，这则消息在微信群、QQ群、朋友圈、论坛、贴吧、微博大V跟贴下，四处开花。

手机正滴滴叽喳着，妈妈突然惊呼，姥姥快不行了！

只见姥姥睁着一双浑浊的眼睛，她的手在空中胡乱地抓瞎着，白……白……

这恐怕是姥姥人生的最后一个遗愿了。

家庭护士替姥姥打了一针，又换上了氧气瓶。

姥姥呼吸逐渐平稳下来，嘴巴一瘪一瘪地，断断续续地发出声音：白……打……糕……

小半天过去了，外出的人鸟归巢般纷纷汇合，聚集在姥姥的床边。

和姥姥同时代的老人，死的死，痴的痴，询问他们的儿女，和咱家一样，均是云里雾里，对这个白打糕，一棍子打不出个所以然来。

恐怕无法满足姥姥遗愿了。

长辈们面面相觑。

爸扭过头，问我，你们年轻人玩的那个什么万能的宝，搜了吗？

搜了，没有。我低着头，面带羞愧，好像手机里搜不出是我的错。

姥姥一双眼睛瞪着天花板，我顺着她的目光看去，房顶上除了一盏吸顶灯，什么都没有。

正好这时，我的手机叮了一声，有消息了。

是好心人回复了我在论坛的求助贴，说他家隔壁有位老人，会做白打糕，自他搬家后就再没吃过。为了满足姥姥的最后遗愿，他可以托人帮忙打听一下。

得到这个消息，姥姥干瘪的嘴巴上下蠕动，仿佛白打糕已经含在嘴里，正慢慢融化。

度秒如年，手机骤响。在好心人帮助下，我拿到了白打糕的食谱：三分之二黑面，三分之一精面，三分之一玉米渣，和水，拍散，揉醒；再将各类蔬菜捣碎，拌少许盐糖腌制做馅；最后将馅裹入面粉，先蒸，后蘸少许油煎炸至微黄，起锅。

食材很快备齐，家戚们择的择，洗的洗，切的切，没有一个人闲着。

待白打糕按照食谱上笼蒸熟揭盖，香气刚弥漫到姥姥床前，姥姥便停止了呼吸。

姥姥生命中止了，但我编辑的那条求助消息，依旧生生不息。

我成了一个微商，专门卖白打糕。

公正地说，白打糕的味道平平无奇，但客户们架不住白打糕背后的故事煽情啊。

白打糕成了姥姥坟墓前，每一年都会摆上的供品。

我是姥姥的重孙，隔了好几代，感情不深，但姥姥临死前想吃一口白打糕的故事，被网络上这么一挖掘，再放大，最后全网传播开。

一年又一年，打在客户心头的烙印，竟是如此之深。

折叠空间

◀ 挖坑

　　天刚放亮，三宝就迫不及待推出他的破摩托车。今个儿，三宝要拖着葛老头往市里跑一趟。

　　三宝的出行，肩负着乡亲们的期望。昨晚，乡亲们跟三宝再三交代，务必要打听个子丑寅戌来，没有确凿消息，不准回村。

　　能不急吗？老早有消息传出，说后山的青熊寨被开发商买断了，要开发成红色旅游基地。

　　这可不是空穴来风，连三宝家三岁的娃娃都听过葛老头吹牛。

　　葛老头兴奋得唾沫横飞，哪怕没有观众，也能一个人唱出一台戏：知道上面来人请我干嘛不？开会！啥地方开？城乡建设办公室！开啥内容？青熊寨旅游开发项目研讨会！

　　办公室啊，项目啊，研讨啊，用三宝的话来讲，多么地高大上！高级、大气、上档次。

　　现在的年轻人，时间宝贵得很，连多说一个字的工夫都没有。

　　可是，青熊寨的野草春风吹又生了好几茬，青熊寨还没开发出来。

要知道，消息刚刚放出来时，哪家哪户没有抢盖房屋？三宝家的猪圈都连盖了两个，哪怕连一头猪都没养过。

更别提孙青春。三宝求婚时，许给孙青春最动心的彩礼，不就是即将开发的青熊寨旅游开发项目？

嫁进村的孙青春经常缠着葛老头追问，开会时，你讲了些啥？

当然是青熊寨的故事，青熊寨里的每一颗石头都不简单，更别提青熊寨的压寨夫人！村里人谁人不晓？得亏压塞夫人的舍命相助，才有后来的李先念。

国家主席啊！李先念当年确实在这个地方打过游击，留下很多传奇。

你咋知道这么多？

能有我不知道的事？我年轻时在青熊寨当小厨子。

孙青春翘首以盼，怀里的婴儿见风长，脖子伸成了鹅脖子，开发商的人毛都没见一根，方才知道三宝给她挖了一个坑。

这下闹得家无宁日。

孙青春的怨，也是乡亲们的急。在小两口又一次翻旧账后，乡亲们派三宝干脆跑一趟市里，由葛老头引路，问问城乡建设办公室的领导，关于青熊寨的旅游开发项目，还来不来研讨的。

摩托车在山路上风驰电掣，葛老头在后座上不停唠叨，三宝慢点，开慢点。

到了市里，葛老头又嚷嚷着要吃碗热干面。

找到城乡建设办公室再吃！三宝着急，要是完不成任务，只怕从此要睡猪圈了。

不吃饱喝足，哪有力气找领导？葛老头理直气壮的。

葛老头一根一根嗦完了面条，再喝一杯豆浆，抹一把嘴，方慢条斯里地说，三宝啊，我跟你讲一件事，你听了莫急。

啥事？

那个研讨会，子乌虚有的事嘛，是我听书听新闻编来的！葛老头说。

瞎编的？那你害我盖两猪圈！三宝跳起脚来。

三宝，你听我说，我真不是故意的，只是想有人陪我唠唠磕！葛老头耷拉着脑袋，觑见三宝脸色由黑转青，索性鼓起勇气一拍桌子，哼，三宝，要不是我一通瞎编，孙青春那妮子怎肯嫁给你？所以，今天这碗面条，归三宝你请我！葛老头将空碗往三宝面前一推。

三宝脸色由青转红，憋了老半天，终于喊出声，老板，结账。

回村后，三宝跟葛老头带回更加令人振奋的消息，目前市里正在招标工程队，年底就会进驻村里调研了，将来，一条宽阔的道路直接拉到青熊寨上，只要是占了道的房屋和田地，该赔的赔，连一颗青苗都不放过！

那咱们门口这条路，不就是旅游景观带啦？孙青春高兴地亲了三宝两口。

葛老头再一次成为乡亲们的中心，把面见领导的经历讲得绘声绘色。

一觉醒来，三宝发现孙青春已经不在床上了，三宝连忙爬起来找孙青春。只见孙青春拿一把犁铧，将门口挖了几个坑。

老婆你挖坑干嘛？三宝问。

孙青春翻了个白眼，笨，大家都在挖，到时候，咱把这坑里种上枣树，梨树，一颗树好歹值几百块钱。

三宝放眼望去，只见每家每户门前，又多了好几个树坑，连绵不绝，一直延绵到后山的青熊寨上。

◀ 倒影
···············

    雨线，沿着透明的玻璃橱窗，蜿蜒地爬下来，堆积在墙角，形成一滩肮脏的水洼。

    老头蹲在水洼旁，看水。

    下雨了，怎地还不走？有人拍了拍老头的肩膀。是易老板。

    老头一大早蹲在易老板的餐馆门口，好几个小时。

    这水洼，怎么是红色的？老头指着墙角那滩水。

    红的？易老板吃惊地垂下头。

    鲜红的，像血。老头眼睛里聚起一团潮气。

    你看花眼了。易老板忍不住推老头离开，没好气地说，红色是招牌的倒影。

    阳阳私房菜馆，红底白字，偌大的招牌，竖立在上方。

    哦，倒影。老头站起来，失魂落魄地走了。

    盯着那滩水洼，越看越鲜红得像血，易老板也失魂落魄了。

    他拎了一桶水，冒雨将门口冲刷得干干净净。一年前，这儿的确积了一滩血，鲜红。

血从那个年轻人健壮的腰眼里涌出来，好大一注。

血腥气很久没散，以至于阳阳私房菜馆的生意也一落千丈。后来，易老板花重金翻修，将店面改头换面，才让人们淡忘了那场不愉快的回忆。

流血的年轻人，不知道是谁，传闻说是一个反扒便衣。

小偷没逮到，孤身犯险的他被小偷团伙刺死在闹市背后的墙角。

那天下午，易老板在，儿子阳阳也在，父子正在热火朝天地畅想着未来。

已经说好了，阳阳从厨师学校毕业后，易老板会将祖传手艺传授给阳阳，让百年的私房菜馆在儿子手里，继续发扬光大。

金光大道呢，眼前！

可那反扒便衣，被小偷团伙逼到了无路可走。

他想推后门避进私房菜馆，易老板将门反锁了，生意人，哪招惹得起这种人。别多事！易老板同时还拉住义愤填膺要冲出门去的阳阳。

你扯我拉的工夫，门外掀起了一声惨叫。

反扒便衣已经捂着腹部，倒在了血泊中。

阳阳第二天就离家出走了。毕业后，他没回到店里帮忙打理生意，而是自己四处寻找工作。

易老板对阳阳的举动迷惑不解，反扒便衣又不是他捅死的，冲自己的老子撒什么气呢？过完清明节，就将阳阳私房菜馆转卖出去吧。易老板心灰意冷，他老了，实在挺不过来了。

清明节到了，又下起了绵绵细雨。春天，雨总是细密得恼人。

门外有人烧纸，在阳阳私房菜馆门口。赶情谁把这儿当坟场了？晦气。

易老板怒气冲冲推门一看，还是那个失魂落魄的老头。

滚！易老板气得够呛，一把抢过老头手里大把的纸钱。

老头不知道从哪来的气力，同易老板争夺起那叠纸钱来，带着哭腔央求，求求你，让我送儿子走吧。他的魂天天缠在我梦里，不肯走呢！

你儿子？易老板心颤了一颤。

他是一位反扒警察……说完这几个字，老头的眼眶红了，腰杆却挺得笔直。

易老板手一软，纸钱落进快被雨丝熄灭的火堆里。

纸钱在火堆里挣扎着，终于软下身段，粉碎成一团灰烬。

手机突然响了，易老板拿起手机，是阳阳一条短信：爸爸，我是一名反扒警察了。

奇事就是这时发生的，读完这行字的易老板，瞪大眼睛去寻那团血红色的倒影时，居然没了！

◀ 事情起了变化

事情起了变化。

孟田丰说。他在说这一句的时候，不看林灵子，而是把目光撇向别处，似乎那儿有值得发掘的宝藏。

并没有宝藏，只是一个脏绿色的垃圾桶，周围有一只母流浪狗在觅食，还有一只公狗，在母狗尻下不停地嗅，难以把持的样子。

孟田丰就看笑了，嘎嘎的。

畜牲。林灵子突然站起来，杯中的咖啡凌空而起，划出一道漂亮的弧线，泼了孟田丰一头一脸。

咖啡顺着发根，流到嘴边，孟田丰伸出舌头舔了舔，苦中带甜。

孟田丰有点恼了，压低声音怒喝道，林灵子！

林灵子就哭了，眼泪从手掌缝隙中流出来，一道一道的，堵不上的泉眼。

有一些焦灼。孟田丰站起来，在逼仄的空间里踱了两步。

中间摆着一张咖啡桌，原木色，将两人隔绝开来；左边，是厚重的深灰色帘帷，垂下来，不露丝毫缝隙。但孟田丰还是将帘帏拉了又拉，唯恐被外边的人，嗅走了小空间里的一丝空气。

右边便是一扇大落地窗，玻璃挺特殊，里面的人看外面的景物，透透的，外面向里面望，只瞧得见自个儿的影像。

咯，窗外两只公母流浪狗，旁若无人地调起情来，浑然不察它们的丑态，尽收孟田丰眼底。

孟田丰便又嘿嘿笑了两声。

他的笑声夹杂在林灵子的哭泣声里，分外怪诞。怪诞得连林灵子都抬起头，忘记了哭泣。

打掉吧！孟田丰瞟一眼林灵子并未显怀的肚子，飞快地移开了视线。

然后呢？林灵子眼神直勾勾的。

你要多少钱？六万，够不够？孟田丰不无豪迈举起六根手指。

林灵子这种女孩，孟田丰要得多，有经验了。

寻死觅活的都遇到过，何况不小心怀个孕呢？

女孩要面子，特别是未婚女孩。当她们察觉出孟田丰这根稻草抓不住的时候，会本能地，寻找另一根稻草。

哪怕另一根稻草压根没影子呢，她们的潜意识也提醒着主人不要轻举妄动。

保全住名声，去依附另一株稻草吧！

何况，孟田丰待她们，并不薄。

在手腕上留下一道疤痕的那个，叫什么来着？珠珠吧，来自大山区，初到深圳时，珠珠一无所有，两眼一抹黑，寻到洗脚城做个小妹，只会给客人洗脚。

是孟田丰，带领珠珠，走遍深圳的大小角落，领略繁华都市的光怪陆离。

珠珠付出了什么？也就陪他睡了三年多，离开他时，才不过二十五岁，怀里揣了一大笔钱，够她换一个城市，换一种形象，在旁人的艳羡声中，东山再起。

闭上眼睛，孟田丰还能回忆起珠珠临走时的模样，穿一件白色貂毛，紧身皮裙，过膝鞋，头发烫得最时髦的大卷。白骨精，白领、骨干加精英，丝毫找不出当洗脚小妹的抠搜劲了。

他孟田丰，也算是慧眼识珠吧！

眼前的这个，孟田丰掀了掀眼皮，扫描了一下林灵子。

林灵子跟珠珠相比，轴了点，但更嫩。嫩就代表阅历少，好把控。

哟，六万，真多，得有好几斤吧，我还得好好感谢你不是？林灵子果然又犯轴了。

这只是营养费，只要你安静点，会更多。孟田丰好整以暇地抿一口咖啡。

我要是不安静呢？林灵子十个指节捏出青筋。

孟田丰嗤地一笑，掏出手机，给林灵子发了张照片。裸照，林灵子的。

你想干什么？林灵子声音里带了一丝恐慌。

女人的一切反应，均在孟田丰的预料之中。

事情怎么就不起一点变化呢？审视着眼前的猎物，孟田丰居然感到有点无趣。

孟田丰拨了一组号码，开了免提。

里面传来一个苍老的声音，喂，你找哪个……出声撒，你找哪个？喂，喂……

林灵子惊讶地捂住嘴巴，泪水又不受控地流了一脸。

孟田丰看着林灵子，挑了挑眉毛。

林灵子终于点了点头。

打错了，老伯！孟田丰舒出一口气，叭一下关掉免提。

游戏结束了。

在与每一个女人交往的最初，孟田丰就搜集着她们的一切信息，预防突如其来的变化。而他，对于她们，是一片空白，包括，孟田丰这个名字。

畜牲，我要杀了你。林灵子眼珠子都滴血了。

孟田丰毫不在意，女人只是嘴狠，他了然与胸。签了一张支票，塞到林灵子手里，孟田丰便再不看她一眼，扭头，看窗外的狗。

这会儿，交欢的狗比哭丧脸的女人好看。

公狗俨然已得偿所愿，扑在母狗身上，肆意妄为。

视线里，突然出现了林灵子。

林灵子不知从哪里找到一把菜刀，冲过去，死命踢开母狗，拉住公狗长长的命根子，手起刀落，叭一下，橱窗上溅开一朵瘆人的血花，林灵子在血花中微笑。

她拎一把刀，站在外面，分明是望不进来的，可孟田丰却感觉她直直的目光，戳入了他的心脏。

林灵子弑狗之后，事情起了变化，孟田丰得了一种说不出口的不举病。

◀ 洁癖
·············

我和妻子苏苏要离婚了。

离婚的原因，无关原则，无关底线，是苏苏有执拗的洁癖。

苏苏那张白得近乎透明的脸，是她坚持用双氧水擦试皮肤的效果，她深信这种方式能彻底消灭脸上的细菌。

之前，我爱惨了她的这张脸，干净得毫无瑕疵。可现在，我的目光，一秒种都不愿在她的脸上停留。没有瑕疵成了最大的瑕疵。

这个女人太太太讲究了，跟她在一起生活，每一根汗毛都无所适从。

苏苏生日那天，为了给她一个惊喜，我订了一家中餐厅。天地良心，这家中餐厅可是本地最有名的连锁店，环境出了名的优雅。

苏苏走进餐厅，冷冷地环顾着四周。

这些装潢材料，一看就是劣质品，不环保，天啦，难怪我一走进来就头晕，空气里面肯定含有超量的甲醛，我们赶快离开这里吧！苏苏捂着鼻子，挑三拣四。

习惯了苏苏的挑剔，我耐着性子哄她，好不容易才预订到位置，忍一忍吧，这家餐厅的菜肴味道非常不错！

苏苏嘟嘟哝哝的，不情不愿地跟在我后边。

预订的位置靠窗，我特意选在这里。苏苏可以一边吃，一边欣赏窗外的街景。街边的路灯悉数亮了，多么浪漫的景色！

哪来的油烟味？噢，你可真会挑位置，窗边？街边烧烤摊的烟雾全飘过来了！苏苏还没落座，抱怨比烧烤摊的烟雾还密集包围了我。

我没那么好脾气了，冷冰冰地看了她一眼，服务员的眼光都射向我呢。

苏苏终于察觉了我的不高兴，快快地住了嘴，从包里拿出一包纸巾，来来回回将桌椅擦拭了三遍，才拎着裙角，小心翼翼地坐下来。

以为苏苏就此消停，我太乐观了。

吃饭时，苏苏并没有像我想象的那样，深情追忆我们曾经的浪漫史，而是喋喋不休，向我科普地沟油的危害、海鲜的违规养殖、蔬菜的过量农药……

够了！我愤怒地拍下筷子。

苏苏白嫩的脸涨得通红，半晌才说出一句，还有呢，那个服务生肯定三天没洗头，每次他来上菜，头发梢都飘过来一股馊味。

好好的生日，过出这么一股馊味，我言辞激励地提出离婚！

离婚的日子订在 12 月 1 日，没什么特殊意义，我只想速战速决，不想拖到下一个年头。

现代人闪婚闪离，多我们这一对，并不嫌多。

我和苏苏到民政局去办离婚手续。民政局旁边，有几个穿白大褂的人，在做宣传活动，标语是，给爱滋病患者一个拥抱。

"这一天是世界爱滋病日。"苏苏远远地看了一眼说。

响应者为零。

标语下边，站着一个戴白色口罩，只露出疲惫眼睛的年轻男孩。孤零零的，他大概就是爱滋病患者了。

怪可怜的，你去抱他一下。苏苏冲男孩努了努嘴，示意我去。

我掩住口鼻，不去。

执拗的洁癖！苏苏嗤笑一声，这句话，是我骂苏苏的，她瞅住机会就报复我一下子。

爱滋病仅通过性、血液和母婴传播，亲吻、共餐和拥抱都没事的，白大褂们苦口婆心地向每一个过路人宣传。

苏苏一步一步地男孩走去，扎扎实实给了他一个熊抱。

男孩瞬间流泪了。

苏苏蹦蹦跳跳地向我跑来，苍白的脸上现出一缕红晕，得意地笑。

这是那个有执拗洁癖的苏苏吗？

我假装言辞激烈说，你得回医院出具一份没有传染艾滋病毒的证明，我才敢跟你离婚。

办离婚手续前我们有约在先，好聚好散，不但要像朋友那样握个手，还要像朋友那样拥个抱，最后更得像朋友那样接个吻。

◀ 好好听话

那是二十七年前的酷夏。

在王恺的记忆里，他再也没有遭遇过，比那年酷夏更炎热的夏天，热得可以用残忍一词来表述。

十二岁的王恺，顶着灼灼的烈日，去找东子。

东子正坐在电风扇旁边看书，风吹得纸张一抖一抖的。

王恺猫在门外，学了声鸟叫。东子很快抬起头来，心照不宣地冲他笑了下，这是他俩之间的暗号。

东子妈妈一向不喜欢王恺，认为王恺是劣等生，会带坏她家东子。

得躲着东子妈妈点。

正是午后，最容易犯困的时候。东子妈妈在堂屋地上铺了张凉席，又将电风扇拨到了东子那边，才躺在凉席上，放心地打了个盹。

合上眼睛前，东子妈妈看到东子坐在椅子上，认真看《水浒传》。

一觉醒来，《水浒传》搁在椅子上，东子不见了。电风扇正对着东子妈妈，一下一下，安详地吹。

难怪这个觉，睡得这么舒坦。

东子！东子妈妈唤了一声。

回应东子妈妈的，只有电风扇呼哧呼哧的转动声。

野孩子，天这么热，死哪去了？

在后来漫长的岁月里，东子妈妈无数次回放这个午后，无数次扇自己的嘴巴，为什么，为什么要说"死"这个字，东子肯定是被自己咒死的呀！

宁过父母手，不过父母口。老话说了几千年的。

东子死了，溺死在襄河里。

尸体被河水冲到下游，水草缠住了，在河底下泡了五天，打捞上来时，东子面目全非不说，左耳还缺了半边，被馋嘴的鱼啃食的。

死孩子，谁叫你不好好听话的！东子妈妈当场就晕了。

死的为什么不是你？到底醒过来的东子妈妈，瞪着血红的眼睛，质问王恺。

王恺张着嘴，一个字也吐不出来。

你过来，我要听实话。东子妈妈死死瞪着王恺。

怎样一双绝望的眼睛啊，在场的人，无不掩面而泣。

王恺妈妈站了出来。

实话就是我家王恺想去救东子，只是力气太小，没能救回他！

姐，人死不能复生，倘若你不嫌弃的话，我愿意把我家恺子，送给你当儿子。王恺妈妈老母鸡一样，将儿子护在身后。

妈妈！王恺跪下来，匍匐着爬向东子妈妈，谁也拦不住他。

儿子？！东子妈妈抚摸着王恺的脑袋，就像抚摸着东子，王恺趴到东子妈妈怀里，凄切地哭起来。

多么感人的一幕，围观人无不掉下热泪，为这场母子相认。

哈哈哈，好儿子，哈哈哈，好儿子！嚎叫声是突然响起的，王恺一句情真意切的妈妈还没出口，猛然感觉左耳一阵揪心的疼痛，挣扎开来，只见东子妈妈嘴边，含着自己的半只左耳，满嘴的血色中，是白森森的牙。

疯子！王恺妈妈一把抢过儿子，惊恐地躲避着那个失去独子的女人。

躲开了襄河，躲远了家乡，躲出了东子妈妈的视线之外。

王恺一家背井离乡后，东子妈妈每天做的，唯有三件事，吃饭，睡觉，扔石头。

往襄河里扔石头。她说，襄河抢走了她的东子，她要埋了它。

襄河没埋掉，疯癫半世的东子妈妈半截埋在土里了。

王恺从叔叔那儿得知东子妈妈不久于人世的消息，连夜租车赶了回来。

这些来年，叔叔受王恺一家托付，一直照顾着东子妈妈的起居。

东子，是……是你吗？躺在病榻上的东子妈妈，挣扎着探起身子。

王恺迅速向东子妈妈走了两步，跟着又停下来，抚摸着残缺的左耳。

野……野孩子，天这么热，死哪去了？东子妈妈淌着泪，气若游丝地问道。

妈妈！王恺腿脚一软，情不自禁地跪下来

儿子？！东子妈妈抚摸着王恺的脑袋，王恺趴到东子妈妈怀里，凄切地哭起来。

哈哈哈，好儿子，哈哈哈，好儿子！东子妈妈将嘴巴附在王恺的右耳边，叔叔紧张地看着东子妈妈的牙齿。

一阵揪心的疼痛，蔓延开来，只见东子妈妈嘴角淌出一片殷红，这么多年的咬牙切齿，那口白森森的牙早已参差不齐。

这只耳朵你留着，替东子给我好好听话！王恺耳边，东子妈妈呼出了最后一口气。

◀ 仪式感
······················

最近"仪式感"一词挺流行，连人民日报的评论员也不甘落后，发表随笔《保持生活的仪式感》。

灵梨在报纸上看到这篇文章时，癔症了一下，将刚刚草草浏览的报纸很郑重地摊开，抚平，目光跳回去，逐字逐句，又通读了一遍。

"生活的仪式是内心与世界之间的一座桥，让人更专注地体味日常中的趣味与美好"。

难怪，难怪倍感生活无趣，原来是缺少了生活的仪式感。

灵梨是一个不讲究仪式感的女人，甚至有一些鄙夷。生活中那些特殊节日，哪怕是灵梨生日，她都毫不在乎的。

想当年，与沈亚恋爱时，沈亚不知从哪里打听到灵梨的生日，订了一大束红玫瑰送给她。满以为灵梨会和别的女人一样，惊喜交加，可灵梨淡淡地接过来，随手往桌上一扔，说，还不如买几颗西兰花。

玫瑰花事件之后，沈亚便疏懒了，连求婚仪式都漫不经心。

他随手拿过床头柜上的日历，翻了翻说，后天宜嫁娶，咱把证领了吧！

灵梨没多想，毫不犹豫地说，好啊。

现在回想起来，灵梨恨不得抽死自己。

后悔也不能重头，转眼灵梨和沈亚结婚好几年了。

几年来，他俩不过结婚纪念日，不过生日，连春节也只是比寻常的日子多炒几盘荤菜。

没有仪式感的日子，灵梨并没有觉得有什么不妥，反而挺引以为傲。她是一个多么令丈夫省心的主妇啊，从没有那些虚头巴脑的矫情，每一天都将日子落到实处。

直到筱怡的出现。

筱怡这女人爱折腾，沐浴要焚香，抚琴要赏菊，遇到情人节、生日、春节这样的特殊日子，更是不得了，连指甲尖都不放过修辞一番的。

这些大概就是仪式感吧！灵梨放下报纸，叹了一口气。

灵梨输给筱怡的地方太多，年轻、漂亮、还有仪式感。

为了筱怡，沈亚搬出去一年多了，灵梨的日子愈发过得没有仪式感起来。

今天和昨天过得雷同，昨天和前天过得相似。灵梨下定决心，要给自己的生活增添一点仪式感。结婚时没有仪式感，离婚日一定要弥补回来。灵梨给沈亚打电话，一字一顿说，我同意离婚。电话那端，沈亚怔了怔，脱口问道，你有什么条件？

仪式感，给我离婚的仪式感，直到我满意为止。灵梨说。

沈亚会送给自己什么离婚仪式感呢？一束即将枯萎的鲜花？

一顿散伙饭？还是一个满怀歉意的拥抱？灵梨简直有一些期待了。

约定去领离婚证的日子到了，灵梨特意去烫了个头，买了件新大衣，还化了个妆。

沈亚却戴一顶毛线帽，披一件休闲夹克，精神颓废，刚从麻将桌上拉下来的随意。

看来沈亚与那个女人过得并不好嘛！灵梨腾起一股报复的快感，恶作剧地问，答应好的离婚仪式呢？

你从来不在意这些啊？沈亚挺奇怪。

仪式感很重要。灵梨背诵着从报纸上看来的话，它会使这一天与其他日子不同，使这一时刻与其他时刻不同。

沈亚想了想，顺手从路边的柳树上折了一根枝条，编了一个圆环，套在灵梨的无名指上。

欠你一个结婚戒指。沈亚郑重其事地说。

灵梨又哭又笑，将柳条戒指扔到地上，狠狠踩了几脚。

当年，结婚戒指是她自己选择不要的，强烈要求沈亚把买戒指的钱用来还房子贷款。

办完离婚证出来，外面下雪了，地面铺了厚厚一层白。

这场雪下得真有仪式感。灵梨仰头望天。

沈亚冒雪回到出租屋，护工筱怡还在等他。

"离了？"筱怡问。

"离了。"沈亚答。

"追悼仪式，通知她来吗？"筱怡又问。

不用了，有些仪式感，不要也罢。沈亚疲惫地摘下帽子，露出因化疗掉光头发的脑袋。

◀ 肌无力

我相信这个世界上有魔鬼，你信吗？

如果没有魔鬼，那么父亲一身的力气是被谁偷走的呢？

九岁那年，父亲的右眼皮突然下垂，遮住半个眼球，无论怎么用力都抬不起来。

父亲认为是小事，好好睡一觉，眼皮就听话了。

认认真真作息了几个月，眼皮没好，连整条右胳膊都抬不起来了，像根巨大的油条，在身体一侧耷拉着。

父亲这才慌了。

丢什么，都不能丢了力气。

一大家子，等着父亲卖力气活命呢！

父亲的力气是整个厂子里最大的，别人装卸五趟货物，父亲能装卸十趟。工友们说，老李悠着点，国家的厂子，你那么卖命干什么？

"力气用不完的，不用白不用！"父亲擦一把汗，乐呵呵地说。

谁说力气用不完？还有父亲辛苦多年积攒下来的钱，花得比泄走的力气还快。

母亲陪着父亲跑北京，跑上海，终于确定了父亲突然失去力气的原因。医生说，父亲患了一种叫肌无力的病。

肌无力？母亲和我从来没有听说过这个词。

母亲也像被传染了一样，躺在床上不吃不喝，以泪洗面。当父亲的左胳膊也跟着罢工时，母亲带着仅剩的财物离开了这个家。

看着空荡荡的家，父亲笑了，又哭了，把自己泡在了药瓶和酒缸里。

爸爸，你的力气什么时候才会回来呀？我问他。

力气像就变心的婆娘，跑了就不会回来了！父亲灌了一大口酒。

魔鬼不仅偷走了父亲的力气，也偷走了父亲的慈爱。

父亲仅存的力气只够他举起酒瓶子了，还有，耍酒疯。

酗酒后的父亲被魔鬼附了身，他死命地瞪着根本就瞪不起来的眼皮，让我滚，滚出这个穷家。紧接着，他又嘲笑我，让我谁也不要怪，要怪就怪我自己，谁让我不会投胎呢？不晓得投到一个好家。

父亲欠我一个道歉，可他从来都没有这方面的意识。

靠着好心人的接济，我饥一餐饱一餐地长大了，磕磕碰碰地考上了大学。

我扬着录取通知书向父亲报喜，父亲坐在简易轮椅上，抱着酒瓶冷笑一声说，白费力气。

读书能改变命运，我怎么就白费力气了？这种打击我是不能容忍的，哪怕他来自我父亲。

你能有出息，我光着身子绕着镇子爬三圈。父亲嘴里的酒气总比力气多。

切，你还能有力气爬？我红着眼睛顶回去，跑着离开了那个穷家，连续几年不再回去。

临毕业时，破天荒接到父亲的电话，他让我回去一趟。

"什么事？"我冷冰冰地问。

"她回来了。"父亲说。

"谁？"我问，"她是谁。"

父亲迟疑了一下，你母亲。

她回来干嘛？母亲这个字眼实在是久违了。

回来再说吧！父亲挂断电话。

内心挣扎了很久，我回到了同样久违的家。

面前的女人我几乎认不出来，她老了，却也美了，头发高高地盘着，带着祖母绿的大耳环子。

她说，她来接我去英国生活，还让我不要怪她。只有她自己过好了，才能让我过得更好。

我看着黑瘦邋遢的父亲，用目光征询他的意思。

父亲吃力地抬起手，抿了一口酒，说，你去吧！

那你怎么办呢？我问。

都滚！自从我病后，要你们谁管过？父亲的酒瓶没拿稳，骨碌碌地滚到地上。

我拾起酒瓶，将剩下的酒倒进酒杯里，送到他嘴边说，听您的，我决定滚出国。

父亲嘴唇抖了一下，灌到嘴里的酒有一半漏出来。

但我不会到英国，是到美国！我扫了一眼母亲，看着父亲，我拿到去美国的奖学金了。

夜里，我睡在小时候睡过的房间里，父亲和母亲在外边不知道在商量些什么。

我听到母亲不可抑止的哭泣，不可抑止的敲我房门，最后踩着不可抑止的失望，走了。

在回忆和眼泪中，我迷迷糊糊地睡了，隐约中听到有邻居敲门，他喊我说，你还睡得着啊？快去看看，你爸爸疯了！

忙不迭地披着衣服跟着邻居跑出去，我看到父亲在寒气逼人的冬日里，在围观人群的眼光中，裸着瘦骨嶙峋的身子在地上趴着，轮椅被他摔在一边，酒瓶被砸成碎玻璃，酒气熏天的气味中，父亲开始爬动，一步，两步……

又发什么酒疯？我连忙脱下外衣，遮到父亲身上。

才一圈，你别管我，父亲把身上衣服掀掉，努力把奋拉的眼皮瞪圆。女儿有出息了，我得光着身子绕着镇子爬三圈。

三圈，真的，父亲在众目睽睽之下爬了三圈，我没有阻拦住，因为我发现，父亲被魔鬼偷走的力气不知啥时回来了，那三圈，父亲力气大得出奇。

◀ 运气真好

怨谁呢？

只能怨自己运气不好。

苦日子好不容易熬到头，男人却出轨了。

吴晓云哭过，骂过，甚至想过去死，但折腾了大半年，也没能挽留住男人离去的脚步。

昔日钟爱的化妆品散落在抽屉深处，积了一层厚厚的灰。

女为悦己者容，悦己的人去悦别人了，还容个什么劲呢？

吴晓云从此一蹶不振。

离婚后，吴晓云分到了这幢房子。房子里，关于男人的一切物件都被吴晓云扫地出门。

物件能清空，回忆却清空不了。

被抛弃的耻辱像饥饿的鼠蚁，没日没夜地吞噬着吴晓云。

一个人的冬天寒冷又漫长。

该添衣服了呢！

吴晓云在衣柜里，机械地翻动着那些厚重的冬装。

一件黑色的男士羊毛衫掉出来。

是男人落下的。

呸呸，难怪运气一直没好转呢，原来屋子里还窝藏件晦气东西。

吴晓云嫌弃地拎起发霉的羊毛衫，发现羊毛衫的两只袖头已经被虫蛀出了洞。

活该，人心烂了，连衣服也跟着烂掉！吴晓云解气地笑起来，仿佛看到男人的手臂被虫蛀出了几个洞。

到街上找到一个垃圾桶，吴晓云凌空将羊毛衫投了进去。

羊毛衫像一个弃妇，委屈地缩在垃圾桶里。

吴晓云突然想起，这件羊毛衫，是她送给男人第一份生日礼物，足足花了一个月的薪水呢！

男人收到羊毛衫后，责怪她不该为他买这么贵重的衣服。可吴晓云知道，男人对羊毛衫珍爱无比，只在隆重的场合才拿出来穿穿，平时，都供在衣柜深处。

后来，日子好过了，男人用更贵重的羊绒衫取代了羊毛衫。

就像用那个更年轻的女人取代了吴晓云。

可惜呀，这么好的羊毛衫！垃圾桶旁边突地冒出一个声音

吴晓云吃了一惊，她只顾想着这件羊毛衫，忽略了坐在垃圾桶旁边的女人。

女人一头花白的头发，背着一个偌大的蛇皮袋子，她是经常在这条街上捡破烂的女人。

袖子破了。吴晓云敷衍着说。

补补就能穿的，瞧这衣服，多厚实！捡破烂的女人从垃圾桶里拾起羊毛衫抖了抖。

喜欢就送给你吧！吴晓云多看一眼羊毛衫的勇气都没有。

谢谢你大姑！捡破烂的女人喜滋滋地将羊毛衫揣进怀里自言自语说，今天运气真好。

扔掉了羊毛衫，吴晓云的心里更空了，似乎连最美好的回忆也一并扔掉了。

以前，吴晓云一直靠着男人交的生活费过日子。现在，吴晓云不得不出去找工作。

坏运气像摆不脱的阴影，如影随形。

男人甩了我，工作也不要我，怨谁呢？只能怨自己运气不好！吴晓云以泪洗面，日子久了，患上了抑郁症。

在亲朋好友的劝解下，吴晓云有一搭没一搭地去看心理医生。

这一天，吴晓云走到医院门口，碰到医生们正从救护车上抬下一个血肉模糊的男人。

伤者的右手像断了的莲藕一样垂在担架外面。

吴晓云没看到担架上可怜人的脸，她认出了那件眼熟的羊毛衫。

羊毛衫的袖口上，两块显眼的补丁，已经被鲜血染透了。

一个头发花白的女人扑在担架上，哀哀地哭着。

吴晓云想了起来，她是那个捡破烂的女人。

别哭，幸亏撞到我的是一辆奥迪！担架上的男人有气无力地安慰女人说，我的运气真好。

运气真好？吴晓云被这雷人的话击中，反复在嘴里咀嚼着。

半年后的一个清晨，出门求职的吴晓云再一次碰到捡破烂的女人。

捡破烂的女人头发更白了，她一手扶着三轮车，一手在垃圾桶里翻找着。

看见吴晓云，捡破烂的女人从垃圾桶中抬起头，喜滋滋地冲坐在三轮车里的男人大声喊，这个大姑真是个贵人，看见没，我捡到这么大一个盒子食品，里面的食物还没过保质期呢。

贵人？吴晓云的眼睛有些酸胀，连忙仰起脑袋看天。自己才三十岁，青春也应该没过保质期的。

运气真好！颜言冲女人鞠了个躬，在心里。

抬头看，天空焕然一新，雾霾不知何时散了。

◀ 咸的

凌云埋伏在山上已经五十八个小时了，和他的队友们。

正是酷暑时节，汗水一层赶一层地往外冒。凌云舔了舔挂在胡茬上的汗水，咸的。

和妻子丽云的眼泪一个味道。想到丽云，凌云摸了摸胸口。

警服胸口的口袋里，折叠着两张内容不同的纸。

一份是离婚协议书，一份是辞职报告。

婚姻和警服，你只能选一样！丽云哭得五官扭曲。

放心，我会给你一个满意的答案！凌云吻干净丽云的泪水，咸的。

签好了辞职报告，凌云敲开所长的门。所长一见凌云，说，正要找你！刚接到线人举报，黑刚马上要到洼村做买卖。

黑刚！凌云咬紧牙关，辞职报告塞回口袋里。

为避免走漏风声，凌云和队友们没有回家，直接参与行动。

两张纸隔着口袋，被凌云揉成一团，像丽云哭得扭曲的脸。

凌云张开嘴，想喘一喘气，趴在旁边的队友碰了碰他，说，头儿，来了！

他连忙集中精力，定睛望去。村口的黑狗呜汪、呜汪地狂叫起来，打破了死寂沉沉的压抑。来人闪避着狗虚张声势的进攻，举起手中的长条包裹作势还击。

是黑刚！包裹里是什么？被拐的婴儿？

凌云眼珠子凸出来，枪在手中汗津津的。不行，得等。

凌云脑海里飞快勾勒着行动的最好时机。必须等黑刚两手空空地出来。这样，才能确保被拐婴儿的安全。

黑狗吠了几声，终于安静了，张头探脑地往山上瞅。

凌云缩回脑袋，更死寂地窝在草丛里。要悄无声息地包抄上去，这只黑狗是大麻烦。凌云向队友使了个眼色，指了指狗，又抹了下脖子。

队友点点头，匍匐着向洼村逼近。

被无声麻醉枪击倒的黑狗安静地倒在地上，队伍被安插在每一个逃口处。

凌云死盯着紧闭的大门，已经感受不到炎热。

成群的蚊蚋好奇而来，在他们头上聚成一个一个舞动的球。

大门拉开一条缝的时候，凌云率先扑了上去。

他用身躯撞开门，和黑刚扭打在一起。凌云轮起拳头，愤怒地打在黑刚身上。

让你威胁我妻女！让你威胁我妻女！让你威胁我妻女！

凌云一家遭受黑刚的威胁已经一年零三个月。

自从凌云关押了黑刚的亲生女儿，解救了一批妇女儿童，黑刚的威胁电话便隔三岔五地钻进他们一家人的耳朵。

期间，丽云带着女儿搬了好几次家。

黑刚叫嚣，总有一天，他会拐卖了凌云的妻女。

吓白了脸的丽云抱着幼小的女儿，寸步不离，日夜哭泣。

"求你了，辞职吧，别再当警察了，我们隐姓埋名，做一对最普通的夫妻。"丽云央求说。

笑话，警察会被罪犯吓倒？凌云铁青着脸，日复一日地穿上警服，戴上警帽。

但丽云知道。这个叫凌云的警察，已经是色厉内荏了。

一家人逛街时，他离妻子和女儿远远的，生怕有人认出他们是一家人。

睡觉时，他把门窗插得严丝合缝，警棍随时放在枕边。

他还经常与女儿做游戏，由他来扮演各种角色，清洁工、问路者，商场阿姨……直到女儿最终认出，这么多角色其实只有一个名字，人贩子。

凌云甚至孜孜不倦地教丽云学格斗，教她踢腿、锁喉……

这个胆小的警察。

婚姻和警服，你只能选一样！丽云递给他两张纸，下了最后通牒。

放心，我会给你一个满意的答复！出门前，凌云将两张纸装进警服口袋里。

丽云没有等到凌云的答复，等来了凌云的警服。

凌云的警服口袋上，有一个窄窄扁扁的血窟窿。

丽云颤抖着手，掏出口袋里的两张纸，纸被鲜血浸满了。丽云伸出舌头舔了舔，咸的。

辞职报告上签着凌云的名字。丽云笑了。

离婚协议书上，也签着凌云的名字。丽云哭了。

凌云在离婚协议书上，又添加了一条：所有财产归妻女所有。

丽云撕碎了两张带血的纸，将警服上的窟窿补了起来。

凌云还躺在重症监护室里，他被穷凶极恶的黑刚用匕首捅了一下。

丽云坚信，总有一天，凌云会苏醒过来。

他会亲眼看到被拐婴儿的父母送来的锦旗，会听到他们相聚时欢喜的哭声，会再一次出现在破案的庆功宴上。

那一天，丽云一定会替他工工整整穿上警服，端端正正戴上警帽，再送他一个咸咸的吻。

◀ 一命二运三风水

大香买不起房。

但大香装成买得起房的样子，没事就到新开盘的小区去看房。

售楼小姐热情地跟在大香屁股后面，个个都把自家的房子夸得天花乱坠。

挑货人才是买货人，大香皱着眉头，东瞅瞅，西瞧瞧，一会儿要求看户型图，一会儿问远期规划。

A售楼小姐说，咱们富贵小区的房子，入住者非富即贵。大姐您若是在街上拦个的士，只需要报出富贵小区名号，的士司机都不敢忽悠您呀！

大香爱不释手地翻看着精致的规划图，嘴里却挑剔说，财不露富，你们到处宣传这里住的全是富贵人家，会招贼惦记的呀！

A售楼小姐叭一下合上规划图，客客气气地说，大姐您还是到别处看看吧！

呸，狗眼看人低。

大香悻悻地又转到梦幻花园。

梦幻花园的B售楼小姐带着大香，逐幢逐层地转悠，说咱们梦幻花园的环境如梦如幻，大姐你要是在咱们这儿买房，相当于把家安在了瑶池仙境里，光是嗅嗅这空气，就能把寿命延长得让神仙都艳羡不已。

大香一边贪婪地呼吸空气，一边挠着痒痒说，哎哟，这么多奇花异草的，夏天招不招蚊子呀？

B售楼小姐白眼一翻，留给大香一个窈窕的背影。

大香撇撇嘴，兴致勃勃地来到另一处小区，海岸阳光。

走到海岸阳光大门口，大香脚步突然有点发怯。

这儿的气势，太磅礴了。

小区入口处，矗立着一块巨大的风水石。风水石沐浴在耀眼的阳光下，像守护神一样庇护着小区的居民。

看到这块威武的风水石，大香的安全感油然而生。

扯了扯衣服下摆，大香信步走进小区售楼部。

海岸阳光的房子户型好，朝向好，环境更好，连小区名都取得这么浪漫。仿佛置身于三亚呢！

吃不着葡萄说葡萄酸，大香两片嘴皮子一张，刺就挑个不停，海岸阳光？哪来的海呀？哪来的岸呀？不就是个大池塘和几个石头墩子吗？你们这是虚假宣传呢。

嗤，您太孤陋寡闻了！C售楼小姐用眼角扫了扫大香，说，海岸阳光这四个字，里面可大有学问。

什么学问？大香倒要听听这小丫头片子能嚼出什么花样来。

海岸阳光的名字，取得来不之易呀！咱们老板花了大量的财力人力，费了老大的劲，才请来香港最著名的风水大师！风水大师的名字，说出来要吓死您，连刘德华、张学友、黎明和郭富城都找他看过住宅风水呢。

大香不认识风水大水，四大天王的名字还是如雷贯耳的。

四大天王莫非是住上了风水宝地，事业运才蒸蒸日上？

可不是？C售楼小区自豪地说，咱们小区独特的风水岂是富贵小区、梦幻花园之流可以媲美的。海岸阳光位于江河交汇旁，具备水脉，背面靠山，符合山脉。咱海岸阳光的名字，以及大门口的风水石都蕴藏有山脉、水脉和风相。一命二运三风水听说没？咱们这地儿绝对是出人才、出干部、出富豪的好地方，在这儿居住的人必定飞黄腾达，福及子孙……

大香被C售楼小姐三言两语唬得露了馅，说，你们这儿的房价会把人买破产的嘛！

C售楼小姐不理大香了，一脸你不买自管有人买的态度。

参观完海岸阳光的房子，大香再也没有兴趣看别处的房子了。

在自家狭窄的旧房子里，更是如坐针毡。一闭眼，就梦到她在海岸阳光买了新房；一睁眼，就跌入她买不起房的噩梦。

海岸阳光真的是风水宝地呀，瞧瞧我住的这房子，什么烂地儿！与老鼠同穴，与蟑螂共舞，与蚊虫共食，简直不是人住的地方，完全是贫民窟。

辗转反侧了好几天，大香终于痛下决定，借钱，贷款，卖旧房，砸锅卖铁也要到海岸阳光去买新房。

旧房子的风水不好，空气有毒，多住一天都会折寿的。大香欠下巨额债务，还低价抛售了旧房子，举全家之力，终于如偿得愿住进了新房。

又要生活又要还房贷，日子过得很苦，可是大香心情愉悦。

好日子肯定在后头呢！

C售楼小姐的话时时刻刻在大香心底重温，咱们这地儿绝对是出人才、出干部、出富豪的好地方，在这儿居住的人必定飞黄腾达，福及子孙。

这一天，大香心血来潮，想转到以前住的地方去看看。

多少也有点荣归故里的意思。

物是人非了呢，远远地，大香看到她和邻居们的旧房子都无影无踪了，原址处，伫立着比海岸阳光更气派的小区。

贫民窟呢？

大香正疑惑着，碰到了以前的老邻居。

老邻居见到大香，笑得嘴都合不拢，说大香呀，咱们这地儿，才是真正的风水宝地呀。一个台湾的老板，收购了这地段的所有房子，不仅给了一大笔拆迁费，还额外赠送了两套房子。这下好了，儿子、孙子的房子都不用愁了。

一命二运三风水啊！大香哀嚎一声，倒在地上不省人事了。

◀ 三尖杉

进入冬天，母亲就病了，一天到晚咳嗽个不停。

大哥说，母亲的肺痨是在贵州当知青时落下的，恐怕再好的医生也断不了病根。

我讨厌贵州。

贵州的条件到底有多恶劣呢？能将母亲年轻健美的身体击溃，拖着残躯病体回到上海。

别这样说贵州，贵州是我的第二故乡！母亲咳嗽着，推开大哥递过来的中药，说，我才不喝中药。三十年前，乡亲们只要咳嗽了，就去山上采一把三尖杉的叶和果，熬成水喝几口，咳嗽便止住了。

三尖杉？不就一棵树吗？我这就去找！大哥是急性子，掏出车钥匙，拔腿就走。

大哥托人到上海植物园，采来一把三尖杉狭长的叶子。我将叶子切碎，熬成水，又拌上蜂蜜，小心翼翼地喂到母亲嘴里。

喝了好几天，咳嗽依然充斥在房间里。

看来母亲的土方子并不管用。

大哥急了，再次要求母亲去医院，可母亲仍然不配合。

母亲一生都固执，大哥和我都拿她没办法。

大哥说，妈，你怎么越老越不听话！

母亲挺委屈，说，明明是你找的三尖杉叶子有毛病，还怨我的土方子不管用。

大哥拿起剪碎的叶子递到母亲面前，说，这难道不是三尖杉？

母亲不服气地说，这不是贵州山上的三尖杉。

大哥哭笑不得，说难道贵州山上的三尖杉比别处的三尖杉多长一个杉尖？

母亲瞪着浑浊的眼睛，说你嘴上无毛你还不信，治病得治根。我在贵州当知青时，胳膊被一只毛毛虫蜇伤了。当地人说，得用蜇伤我的毛毛虫当药引子，涂抹在伤口上才不会留疤。

顿了顿，母亲又说，我的肺病是在贵州松坎落下的，得喝贵州松坎的三尖杉。

我和大哥都明白了，母亲是想念贵州了。

大哥与我一商议，决定趁母亲还能走动时，满足母亲的心愿，带母亲回一趟贵州。

一路上，母亲破天荒地配合我们兄妹，古怪的脾气无影无踪。大哥递过来的中药也老老实实地喝了，连药渣都不剩。

母亲兴奋地说，我们下乡那会儿坐的火车，况且况且，吵得很。

我说，咱们这会儿坐的是动车，逛吃逛吃，爽得很。

母亲愉快地笑了。

火车到了遵义南北站，母亲笑容敛了些，说，当年在这儿下了一批人。

到了桐梓站，母亲又说，当年在这儿又下了一批人。

火车又停靠了好几个站，母亲的话越来越少。她的眼睛贴着玻璃，一言不发地盯着窗外。

到了松坎，我们便转乘旅游专车，来到一处乡村旅游村。三三两两的游客们在沿途中嬉笑，拍照。

母亲反串起了导游，一路指点着说，这儿以前是人民公社，怎么就变成了旅行社？

三尖杉好像就长在这儿！路过一片繁茂的树林，母亲挣脱大哥和我的搀扶，颤颤微微地钻进树林。

母亲并没有老糊涂，在母亲的引领下，我们真的看到了一丛三尖杉，是欢迎当年母亲那批知青下放时村民栽下的。

遗憾的是，三尖杉的树身上，刻着几道醒目的伤痕，*** 到此一游，*** 永远爱 ***……

母亲干瘦的手颤抖着抚摸过树身的伤痕，嘴里嘟哝着说，知青下乡才不会做这样的记号。

"那你们怎么做记号？"大哥问。

母亲从贴身的衣兜里摸出一块红布片。

天知道，她怎么会把红布片藏在衣兜里。

母亲踮起脚，将红布片系在三尖杉树枝上。

系上了红布片，三尖杉就会保佑红布片的主人。母亲说，当年欢迎我们下乡的村民就这么教我们的，这天地万物，都有灵性，你对它们好，它们也会回报你，说的就是这个理。

我望着母亲笑，您是要告诉我们，有理的地方，先得有礼吧。

这时，大哥指着另一株三尖杉喊起来，妈，你看那儿！

三尖杉树枝上，一块红布片正在风中招展，万绿从中一点红，真好看！

有人效仿母亲呢。

母亲眼眶里，顿时蓄满了泪花。

真灵，从贵州返回后的整整一个冬天，母亲都没有再咳嗽了。

◀ 旅游基金

勤扒苦做了好多年，早餐店的客源总算稳固了。

生意有了起色，老王的身体却江河日下。

老伴心疼老王，说，要不，咱们把早餐店盘出去，学人家老刘，甩着手到处旅游。

你居然让我学老刘那家伙？老王瞪老伴。

老刘是老王下岗前的旧同事，两人像斗公鸡一样，你啄我一口，我咬你一口，从没消停过。

替儿子买新房，也一人买在河东，一人买在河西。

老王家的房子买在河东，贵是贵了点，花光了老王毕生积蓄。

但是，地段好，采光好，面积大，自从儿媳妇住进了新房，喊老王的声音都变得温顺许多。

老刘呢？呵呵，平时只顾自己吃喝玩乐，临到儿子要结婚了，才急吼吼地想起来买房。

钱不多，房子只好买在偏远些的河西。

那地方，贫民窟似的，狗都不愿到那地儿撒欢。

老刘这种天晴不晓得防天阴的人，是生活中的反面教材。老王呸都来不及，向他看齐？滑天下之大稽。

"那你准备什么时候才退休？"被拖累得有苦难言的老伴问。

再干一年就退休！老王乐抢打起精神规划未来。

哼，你这句话，说好多年了！早餐店刚开业时，你说攒够了儿子彩礼钱就退休；儿子彩礼钱攒够了，你说攒够了儿子房钱就退休；现在，儿子结婚了，房子也买了，你还再攒什么钱？

旅游基金啊，老王冲老伴眨眨眼睛，攒够了咱老俩口可比老刘潇洒，老刘那只能叫穷游。

老王这一辈子，都替儿子在穷忙活。

难得把自己剩下的日子，提上议事日程。

老王觉得吧，这旅游基金，得靠自己挣，哪能像老刘，靠克扣儿子的生活质量换来自己潇洒快活。

带着儿子媳妇的怨气去旅行，还玩个什么劲？

老王干得可起劲了，这一回，真的再干一年就退休。

就算他想多干几年，身体也不允许了。

一天，老王到菜场去买牛肉时，无意中碰到了老刘。

老刘带一顶黑色瓜皮帽，愁眉苦脸地拎着几颗小白菜，肯定又被儿媳妇训得鼻子不是鼻子眼睛不是眼睛。

回家后，老王对老伴说，老刘混得那个惨，只买得起白菜，牛肉看都不敢看一眼！

旧同事混到这般田地，老王不禁兔死狐悲。

悲完又恨铁不成钢，这老刘，牛肉都吃不上嘴，还戴什么瓜皮帽？买帽子的钱，割一斤牛肉补补身体不好吗？

生活真是水涨船高。

河东的房子也像夏天一样，不停升温，同时升温的，还有物业管理费乱七八糟的缴费。

这些都伤不了老王旅游基金的元气。

年底时，儿子的股票亏了个窟窿，从老王手里挖了一些钱去补仓。

老王的旅游基金像气温表上的刻度，起起落落，怎么也无法飙升。

一年，一年，又一年。你还要干多少个一年呀？老伴在老王头上拔下好多白头发。

千真万确再干一年就退休！老王捂着胸口保证，他最近身体不大对劲。

这天，老王打开早餐店门，刚掌起勺，咚地一声，倒地上起不来了。

老伴惊慌失措，打了120，将老王送到医院急诊室。

好在，有惊无险，老王苏醒了。

瞧你累成了这样，别再等一年了，马上退休！老伴抹着眼泪说。

老王心里默算了一下，突发脑溢血住了个院，旅游基金的数字刷一下回落到了起点。

老刘得到了消息，拎着水果来医院看老王。

老王对老刘说，空着手来就行了，讲什么客气，何必为了买几斤水果看儿子媳妇脸色？

看他们脸色？老刘一副扬眉吐气的样子，看我脸色还差不多。

河西的房子拆迁，老刘家不仅重新分配到了河东的一套新房子，还得到了一笔不菲的拆迁款，老刘喜滋滋地，这笔钱他打算当做出国的旅游基金。

出国的旅游基金？老王都还没出省旅游过呢。

会跑跑不过影子，人能能不过命！随着一声长叹，老王监护器上有规律的波浪刷地就跑成一条直线。

◀ 替罪羊公司

破天荒地，一脸廉政相的王队长望着小黄笑。

还笑得这么亲热。

王队长不会以为自己在照镜子吧？小黄难以置信。

众所周知，小黄和王队长相貌有几分像，玻璃与镜子的那种相像。

但两人在局里的身份，则是云与泥的悬殊。

王队长是高高在上的云——城管大队的执法队队长；小黄是任人践踏的泥——跟在王队长身后拎包的临时工。

高高在上的云，怎么会俯下身段，对泥献殷勤呢？

无事献殷勤——非奸即盗，可这些，都轮不到自己名下啊。

很快就有了答案。

这会儿的小黄，在王队长眼里，就是一只羊。

替罪羊。

王队长带队执法时，与摊主产生了冲突，冲动之下，打了人，被好事的围观者拍了视频，现在，舆论追得正紧，要求城管局，交出肇事者。

小黄看着王队长，不说话。

王队长也不说话，他推过来的一张支票，帮他说了话。

第二天，城管局召开了新闻发布会——临时工干的，已清退云云。

小黄失业了，他心里有点儿难过，些许的难过很快就被吹散了。

支票紧握在手中，被风吹得猎猎作响。小黄终于付得起房子首付了。

当了十年临时工，还不如当一次替罪羊呢！

买了房，小黄寻思着该找工作了。他在网络上，投递出一份又一份的简历，却都石沉大海。

天无绝人之路，这天，小黄在大海一样的网络信息中，发现了一个举报贴。

该网民声称，他随手拍到一辆公车，停靠在灯红酒绿的洗脚城门口，开车的是什么人？顶风而上啊，这事，必须严查！

小黄一拍脑门，查，严查！小黄迅速查出该公车的信息，顺瓜摸藤，给领导打了个电话。

你好，你单位公车私驾被曝光了，请问，需要替罪羊帮你扛下来吗？

经过几番谈判，小黄与对方签拟了一份替罪羊合同。小黄表示，会维护领导形象，对当替罪羊的事守口如瓶。

不久后，公车私驾的贴子后面，跟了一条严正声明——临时工干的，已清退云云。

谈成了这笔交易，小黄信心十足。如法炮制又谈成了好几笔生意，不仅还清了房贷，还买了车，娶了个漂亮老婆。

老婆主内，在家里搜集举报信息；小黄主外，亲自登门洽谈业务。

没隔几年，两人的生意越做越红火，小黄干脆成立了替罪羊有限责任公司。

公司能为客户提供各式花样的替罪羊形象，有官员、城管、明星警察、情人（妇）……替罪羊们能为丈夫摆平绯闻，为明星洗白艳照，替官员收贿……

只有想不到，没有做不到。

公司发展到后来，临时工的形象彻底被搞臭了。

小黄不怕，没了临时工，还有志愿者。

这天，公司来了一位新的应聘者。小黄用眼角扫了扫，发现有些面熟。

来人对小黄殷勤一笑，小黄就回忆起来了，原来是王队长。

多年不见，云和泥倒了个儿，小黄成了黄老板，王队长成了个失业人员。

小黄能有今天，也多亏了王队长的启发。小黄便把王队长留在了替罪羊公司，替自己拎包。

有一天，小黄洽谈了业务回来，发现家里多了双男人拖鞋。

推门进去，一个男人搂着自己的漂亮老婆，两人身体交叠在一起。

乍一眼看过去，小黄以为自己在照镜子。

男人是王队长。

王队长，你怎么……小黄刚发声质问，漂亮老婆抢先说，谁是王队长？你才是王队长！他是我的丈夫——小黄。

小黄偏着脑袋想来想去，想不出所以然，替罪羊的次数当太多了，自己究竟是王队长，还是小黄？

◀ 小声点，表姐就要高考了

晚餐时，球球看到桌子上出现了一道不认识的菜，形状长得像大耳朵。外婆揪着球球耳朵让他长记性说，这是鲍鱼。

球球眼里还没长出记性，舅妈已伸出筷子，将唯一一只鲍鱼挟到了表姐碗里。

表姐是舅妈的女儿。

我也要吃鲍鱼！球球哭了。

小孩子吃鲍鱼不好，会长出大耳朵的！外婆哄球球。

球球不信，表姐为什么不怕长大耳朵？

表姐就要高考了，她长大耳朵好，能听到更多的信息！外婆连哄带骗解释。

听说，去年的高考状元，高考食谱就是每餐吃一只鲍鱼。

结果今年高考来临前，本地鲍鱼的价格直线上升，由一斤九十元卖到了一只九十元。

九十元钱，对别的家庭可能是九牛一毛，对舅妈一家来说，则是孙悟空的三根救命毫毛少了一根。

舅妈和舅舅，不仅要供兰兰读书，要赡养病歪歪的外婆，还得受妹妹妹夫所托，照顾快三岁的球球。

球球的爸爸妈妈去了日本打工。只有等第三个春节时，球球才有机会见到他们。舅妈说，等球球爸爸妈妈赚到了钱，就回来买大房子。有了大房子，球球一家就搬出去住，不用这么多人都挤在小房子里了。

球球喜欢很多人都在小房子里住，热闹。可是，舅妈不乐意。她经常当着球球面埋怨说，屋子太小，放个屁别人都听得见。

表姐就要高考了，连屁就都要憋着放哟！

外婆抱着球球，小声地提醒球球。

也是的，只要表姐在家复习，球球就看不成动画片，外婆听不成收音机，连舅舅也不准大声咳嗽。

虽然球球没吃过像耳朵一样的鲍鱼，但他的耳朵，比吃过了鲍鱼的表姐还灵。

有一天夜里，外婆起床端着球球撒尿，睡眼惺忪的球球听到舅妈房里传来小声的挣扎。不准弄，丫头就要高考了！舅妈气息不匀地说。

弄什么？球球好奇地问外婆。

舅舅要撒尿！外婆压着嗓子拍了一下球球屁股嘟囔说，小声点，就你耳朵尖。

离表姐高考还有一个月的时候，趁着表姐不在家，舅妈和舅舅大打出手，把家里的锅碗瓢盆砸了个粉碎。舅妈哭叫着说，脑

折叠空间

子生下来就夹在胎盘里的狗东西，孩子要高考了，还有心思去找野狐狸！

外婆拉不住儿子和媳妇打架，气得脑溢血发作，住进了医院。

表姐就要高考了，不要跟表姐说我们在家打架，要是表姐问起外婆，就说外婆到乡下亲戚家玩儿了。舅妈一遍又一遍地叮嘱球球。

餐桌上，球球每天都能看到一只像耳朵一样的鲍鱼。

舅妈和舅舅每天踩着风火轮似的，医院家里两头跑，两人都迅速地瘦成了风筝，风一吹，都能飘起来。

离表姐高考还有三天的时候，医院突然下达了病死亡通知书。外婆年龄实在太大了，医院的医生没能留住病重的外婆。

表姐就要高考了，不要告诉表姐外婆已经死了！舅妈流着泪叮嘱球球。

球球懂事地点点头，他看到舅舅沉痛地用一张白布，蒙住外婆的脑袋。

明天表姐就要高考了，球球目不转睛地看着表姐正要将一只新鲜的鲍鱼喂进嘴里。

看着垂涎欲滴的球球，表姐停下筷子，说，来，球球，吃一口。

不吃，表姐就要高考了！球球摇摇头把眼光拔回来。

真乖！舅妈感动地摸了一下球球的小脑袋。

这天夜里，球球被一泡尿憋醒了，肚子都要涨破了。没了外婆给自己端尿，球球只好静悄悄地爬下床，打着赤脚自己去撒尿。

刚走到厕所门口，一只大手捂住了球球的嘴巴。

球球小绒鸡一样惊恐地挣扎着。

别动，再动就杀死你！黑影低声威胁说。

球球吓得尿了裤子，尿水滴在地板上，滴滴答答的，像报警一样。

表姐就要高考了，千万别让她听见客厅的动静。球球心虚地盯着表姐的房门。

黑影顺手摸了一只袜子，塞到球球嘴里，恶狠狠地警告，坐着，不准动！

球球盯着黑影，眼珠在黑暗中闪闪发光。

黑影被球球盯得心虚。

钱没有偷到，却被球球看见了相貌。

一不做二不休，黑影将球球轻轻一拎，塞进了随身携带的大旅行包里，拐卖一个孩子也可以挣笔收入的。贼不空手吗。

拉背包拉链时，球球听到拉链音在寂静的夜里，格外响亮。

球球用手费力地拉出袜子，低声央求黑影说，叔叔，小声点，表姐就要高考了。

◀ 工笔

贾大虎的目标是当上局长。

你性格急躁，并不适合从政。贾父委婉地提醒贾大虎。

贾父一辈子没当过领导，他是个画家，画得最多的是工笔仕女图。

父亲的善意提醒，贾大虎觉得不值一哂。

"仕女和仕途只有一字只差，我画得了仕女，自然也深谙仕途之道！"贾父煞有介事地说。

纸上得来终觉浅，这种书生意气的话，贾大虎自然听不进去，一心一意地奔着仕途去躬行了。

遗憾的是，贾大虎的目标还在千里之外，贾父便因病去世了。

贾父去世时，留给贾大虎一个泛黄的笔记本。这是贾父的毕生心血，记载着工笔画的详细步骤。

贾大虎不肯学工笔，贾父也没找着合适的继承人。

父亲没了，仕途也不得意，贾大虎心灰意冷，便转了心意，照着笔记本学画仕女图了。画画他还有点童子功，从政他是两眼一抹黑。

仕女跟仕途还真是一字之差，父亲没有骗他，对局长位子念念不忘的贾大虎翻开笔记本一下子如醍醐灌顶。

奇书啊！

笔记本首页端端正正写着：

第一步，线稿。必然要严谨细致，面面俱到，笔笔到位，每个细小的环节都不能松懈……

这哪里是画工笔的步骤？分明是从政的路数啊。

世事洞明皆学问，贾父将毕生心血送给了贾大虎，真是用心良苦。

贾大虎照着笔记本里的记载，琢磨出一套严谨的方案，早上陪着领导晨跑，晚上陪着领导泡脚，不放过每一个能接触到领导的细节。

一年之后，贾大虎如愿当上了副科长。

贾大虎立马研究第二步骤，父亲的笔记本有着锦囊妙计呢。

第二步，落墨。落墨前要先有整体构思，哪实哪虚，哪深哪浅，做到心中有数。

这一步骤操作起来有点困难，贾大虎跟踪了科长大半年，才收集到虚虚实实、深深浅浅的证据。一封实中有虚的匿名信，将科长告到了纪委。

科长到纪委喝茶，贾大虎理所当然地顶替了科长的位置。

第三步骤自然要紧锣密鼓地实施。

第三步，勾线。将简单的线条按其纹理，反复勾线，注意打造厚实沉稳的基调效果。

贾大虎在家里，将宣纸渲破了几百张，才琢磨出这段话背后的深意。看望低保户时，贾大虎穿上农民们常穿的黑布鞋；巡视工地时，贾大虎换上工人们一样的蓝上衣……

功夫不负有心人，贾大虎在群众心中，打造出了勤俭为民的人民公仆形象。在群众们的呼声中，贾大虎扶摇直上当上了副局长。

与局长的目标只一步之遥了，贾大虎不慌不忙着手打磨第四步骤。

进一步渲染，营造出画面效果。

画面效果？这一步简单，贾大虎只要下乡，就特意带上摄影师。第二天，当地论坛上就会出现一组关于贾大虎的新闻照片。或冒雨视察，或亲切握手……上镜率比局长还高。

平步青云的美梦指日可待，偏偏，纪委神情严肃地找他谈话了，建议贾大虎离职反省。

离职反省？

纪委耐心地解释说，因为那些新闻照片，贾大虎成了市民们口中的"摆拍领导"，鉴于其在社会中造成了严重不良舆论，经纪委研究决定，离职反省。

难道我理解错了吗？这真的只是一本教画工笔的笔记本？贾大虎猫在家里，喃喃自语着再次翻看着笔记本。

肯定会有第五步骤，绝地反击？或者，逆袭上位！

然而，没有第五步骤了，笔记本最末一页，只有一段注意事项。

切记！画面渲染时，要有耐心，完全固色后方可进行下一步渲染，否则会喧兵夺主，功亏一篑。

◀ 漏网鱼

六月，竟突如其来下起了冰雹。

下得爹胆颤心惊。

是不是儿子犯下的罪孽，让受害人喊起了冤屈？

爹拾起一块鸡蛋般大小的冰雹，冰雹很冰，寒气在六月依然彻骨。

再冷，也抵不过心底的凉。一个多月了，大虎还不见踪影。

最好让冰雹把狗日的砸死，永远也不要回来！爹狠狠地将冰雹砸在地上，冰雹碎了，跟爹的心一样四分五裂开来。

爹和大虎相依为命，是彼此唯一的亲人。爹对大虎娇惯得很，蚊子叮在大虎身上，都不舍得拍一下，而是像吹蒲公英一样，轻轻吹走。

没想到，大虎犯下的恶行，像被吹散的蒲公英种子，四处开花。

昨天，打了李家的狗。前天，偷了张家的鸡。

这些鸡零狗碎，也就算了，大不了，爹腆着一张老脸，揣上血汗钱，逐个登上门去，向受害者赔个不是。

直到，警察登上门来，爹才知道，大虎在外面横行到了什么地步。

大虎和几个狐朋狗友，喝醉了酒，恶向胆边生，竟然拦路抢劫，遭到受害人的拼死抵抗，几人残忍地将其杀害，作鸟兽散了。

散，也散不出警察的天罗地网。警方不分昼夜，逮住了一只蟹将，紧跟着，扯大网似的，兜上来一群虾兵。

精明的大虎，成了漏网鱼。

当着警察的面，爹气得摔烂了大虎用过的所有东西，照片、茶杯、牙刷、两岁时穿过的虎头鞋……

狗日的前脚进门，后脚我就扭他去公安局自首！爹朝着公安局大门，将胸脯拍得嘭嘭作响。

爹没文化，但是他懂得大义灭亲的道理呢。

警察走后，爹将撕碎的照片，重新拼凑、粘贴起来。

照片上的大虎，高高大大，搂着爹，多贴心啊！

从什么时候起，大虎变了心呢？

是该死的电脑。大虎迷上了游戏，隔三岔五，翻家里的抽屉偷钱。

还有，那群狐朋狗友，吆五喝六地赌博，赌输了，便唆使大虎，找爹要钱，要不着，就抢。

大虎第一次向爹动手，是为了一百块钱。

给我！大虎眼睛血红，像面目狰狞得像吸血鬼。

杀了我也不给！爹紧紧地将衣兜捂住。

用得着杀？大虎只一掌，就将爹推了一个趔趄，然后骑在爹身上，将爹衣兜里的钱洗劫一空。

那一掌，将爹的心推到了冰窟窿。

回忆起不堪的往事，爹咬牙切齿地灌下一瓶二锅头。

早知如此，何必当初，不如由自己亲手结束了这个逆子，为民除害。

地上的冰雹快融化时，门吱呀一声响。

爹头也不用回，就知道，大虎，他的儿子，终于回来了。

大虎胡子拉碴的，如惊弓之鸟。

爹，给我一些钱，越多越好！大虎一边收拾衣物，一边向爹哀求。

你要钱做什么？爹眼神冷冷的。

爹，我不想坐牢！

你想坐也得坐，不想坐也得坐！

大虎眼睛里滴出血来，爹，你疯了？

我不能再放你个狗日的出去害人了！爹搬起一把沉重的椅子，守住门口，堵成了一座山。

大虎冷笑一声，说，爹你搞清楚，我跑出去害人，都是你逼的。

你跑出去害人，说是我逼的？爹仿佛听到了本世纪最好笑的一个笑话。

如果不是爹把钱藏起来，我便不会到外面去偷；爹要是大方地给我钱，我就不会到外面去抢。

爹气得说不出话来，从身下抽出椅子，朝大虎脑袋狠狠砸去。

大虎猝不及防，眼前金星一冒，栽倒在地上。

再一摸，一脸血。

爹奔过来，手里握着一把寒光闪闪的刀。

窗外的冰雹下得更大了，爹知道，那是受害人在哭号呢。

爹扬起刀，手臂颤抖着。

受了伤的野兽往往并平时更可怕，垂死挣扎的大虎抢过刀，一把捅在了爹的肚子上。

爹的手，软软地垂了下来。

爹，都是你逼我的！大虎捂着血流不止的脑袋，看着痛苦扭曲着身体的爹。

弥留中，爹看着大虎手忙脚乱地背起行李。

慌乱的大虎看到桌子上，摆着一张照片。愣了一下，大虎拿起照片，塞进随身的衣兜里。

窗外的冰雹愈下愈急，如同是铺天盖地的追捕声。

大虎一步跨过爹的身体，就要夺门而出。

爹一把拽住了大虎的裤管。

大虎使劲挣了挣，挣不脱。

那是爹拼出了浑身力气，拉住了他。

爹断断续续地说，狗日的，钱，所有的钱，都在枕头下面，永远，永远也不要回来。

◀ 你怎么不问我一句

今天，对于林小莉和杜明理来说，是一个特殊的日子。伴随着太阳新一天的升起，他俩的婚姻将正式迎接第七个年头。

中国人骨子里都爱财，将七年婚姻称为铜婚。可不是？七年的时间，不长也不短，折算一下，还真有铜的价值。万一婚姻出现状况，也不至于净身出户。

还是法国人更实在，撕去表面的伪装，直指婚姻内核，干脆戏之为毛婚。在这一年里，许多人困在铜墙铁壁的围城里抱怨说，结个毛婚啊？

呵呵，一旦出现这个念头，就进入了七年之痒不是？

七年之痒的第一天。

林小莉可不想遭遇婚姻滑铁卢，她得未雨绸缪。与杜明理结婚六年，日子不好也不坏，感情不热也不冷，夫妻生活不疏也不密，似乎停留在了不高也不低的人体恒温——三十七度。

温水还能煮死青蛙呢，何况是婚姻？林小莉决定，从今天开始，为自己的恒温婚姻，添上一把火，或者加上一块冰。网上说了的，感情这玩意，要的就是冰火两重天。

为了纪念结婚七周年，林小莉买菜时特意转到花店，订了九十九朵红艳艳的玫瑰花。

结婚这么久，林小莉从来没有做过这么浪费的事。

为了给婚姻加一点温，偶尔奢侈一下，林小莉不认为这是败家婆娘的行为。

早晨，七点的闹钟刚响，玫瑰花就被花店员工准时摆进了客厅里。

林小莉的目光飘过玫瑰花，悄悄观察着杜明理的反应。

他是会吃醋盘问呢？还是会恍然大悟？抑或把她深情一拥，说老婆，我爱你！要么是会心地一笑，说老婆，铜婚快乐！

杜明理分明瞧见了花，甚至还凑上前去嗅了嗅，可他转过头来，既没给林小莉深情一拥，也没冲林小莉会心一笑。

而是出乎意料沉默了许久，什么也没说，好像铜婚让杜明理的话升值到金口玉言一样。

他怎么不问我一句呢？林小莉眼巴巴地望着杜明理，只见他像往常一样，若无其事地拎起公文包，平平静静地上班去了。

这可是一大捧玫瑰花啊，整整九十九朵，花去了好几百块呢，怎么可以视而不见呢？林小莉绕着玫瑰花转来转去，转得心都乱了，难道，他不再紧张我了？连哪来的花都不愿追问了？更忘记了咱们的结婚纪念日？

她怎么不问我一句呢？杜明理拎着包出了门，郁闷地在门外站了半晌。

为了庆祝结婚七周年，杜明理昨天一下班就跑到花店，提前预订了九十九朵玫瑰。

结婚这么久，杜明理从来没有做过这么浪漫的事，浪漫得近乎肉麻。

为了给老婆一个惊喜，偶尔做一下肉麻的事，杜明理认为值得。实在是日子太波澜不惊了，平淡得让杜明理心里长出了一层毛。

为了给疲乏的婚姻照入一些甜蜜的阳光，杜明理决定重新追求一次林小莉。

没想到，收到玫瑰花的林小莉只是望着他，淡定得像一块木头，什么表示也没有。好歹你林小莉应该表示一下欢喜的，哪怕是假装的。

上班中的杜明理，等待了整整一天，也没有等到林小莉一个电话。

哼，林小莉比木头还不如，炙热的木头扔进水里，还晓得冒出丝丝不甘的热气呢，林小莉干脆连气都不出一下。

杜明理想象中的热吻、拥抱、尖叫和感动，像玫瑰花上的晨露一样，太阳一晒就蒸发了。

等杜明理下班回家时，发现玫瑰花已经蔫了，林小莉懒得都没给玫瑰花浇一下水，举手之劳的事啊。

林小莉甚至为玫瑰花安顿了新的位置，将它摆进了垃圾桶里。

杜明理张开嘴，刚想说句什么，却看到林小莉沉默地躺在床上，将脊背冷冰冰地对着他。

杜明理内心深处残存着对林小莉一缕热情的期冀，瞬间就消散得无影无踪。

他怎么不问我一句呢？林小莉侧耳关注着杜明理的动静，她听到杜明理在客厅来来回回的踱步声，偏偏听不到他的一句问话。

结个毛婚啊！杜明理生气地踢了玫瑰花一脚，在心里暗暗骂了一句。

花店员工一边整理着鲜花，一边清查着帐单，说，老板，这里有两张相同的订单，莫非是发票开重复了？

送花时，你怎么不问我一句呢？花店老板埋怨说，这两份都是交过钱的订单啊！

◀ 李代桃僵
·····················

　　李容志从药盒里掏出一颗黑乎乎的丸子，就着温热的白开水，咕咚一声，吞下肚去。

　　药盒里的丸子已经所剩无几了。那是妻子专门为他准备的护胃丸。

　　许是近些年来，老是在酒桌上谈业务的缘故，李容志业绩越滚越大，身体却越来越垮。

　　这一笔单子究竟能不能谈下来，就看今晚了。李容志又仔细琢磨了一遍合同上的条款，才将合同放进公文包里。

　　对方只要在合同上签了字，今年的业绩冠军非我李容志莫属了！

　　公司大厅的销售业绩排行榜上，陶路压在李容志头上好几个月了。

　　今晚，李容志没有像往常一样，与陶路一齐出击，而是单枪匹马，约客户会了面。

这源于上个星期，露露悄悄透露给李容志一件事。

露露说，陶路趁李容志不在时，在老板面前邀功，说上一单的大客户，全凭他一张赛诸葛的巧嘴拿下的。

他胡说！想起陶路一张尖嘴猴腮的脸，李容志就气得胃疼。

陶路拉单子，没有别的，全凭语速，哒哒哒，哒哒哒，忽悠得客户思维跟不上语速，临了，还得靠他这位老将出马，用酒与客户喝出过命的交情，最后喝出合同上有了对方的大名。

李哥，我挺你！为了谈业务，把身体都喝垮了，不像有些小人，一有机会，就把功劳往自个儿身上揽，他不就是废了一点口水吗？哪比得上李哥的汗马功劳？露露比李容志还激动，赶苍蝇似地挥舞着戴着满琳琅首饰的手。

咦？你是从哪听说这事的？李容志满脸狐疑地盯住露露。

露露脸一红，桃花般娇羞地一笑，说盯着人家干吗啊，我就是看不惯，替李哥打抱不平。

李容志心知肚明地一笑，看来，公司里的那个传言是真的。

为了回报露露，也为了露露在老板耳边帮他美言几句，李容志撤下了以往的搭档陶路，换成了露露跟自己搭档。

他要给陶路一个回马枪，让老板看看，谁才是名符其实的销售冠军。

心里头憋了一股走着瞧的劲，酒桌上，李容志喝起酒来，比以往更加卖力。交情深，一口闷，李容志闷了一口又一口的酒，他要让客户知道，没有人比他李容志更厚道、更真诚。

直到喝得倒下了，客户也没有如愿，在合约上签上字。

真是一块难啃的骨头啊。

李容志头痛欲裂，由于这一单失败，在公司碰到陶路，也绕着他走。

陶路竟也是垂头丧气，看到李容志，主动贴过来说，李哥，陪我喝一杯去，郁闷死了！

还有你赛诸葛巧嘴摆不定的事？李容志斜着眼嘲笑陶路。

自从陶路得知李容志隐瞒他私下拦截客户资料的事，昔日一对好搭裆已经好久不说话了。

别提了！陶路摇摇头说，露露分析得对，大概是我獐头鼠脑，油嘴滑舌，一看就不值得信任。

露露？李容志想起来，好久没看到露露了。

你什么时候和露露打得火热？李容志有点吃惊，嘴巴里像含了一个酸李子，难道他也开始走迂回路线了？

陶路尴尬地摸摸脑袋，索性说，露露是老板身边的红人，谁不想多多表现，请她多美言几句？

你就不担心老板对你有瓜田李下的嫌疑。

你还别说，露露究竟美言了没有，我是不得而知的，我只知道老板对你和我明显冷淡了。

也是啊，哪个老板愿意看见自己的红人跟别的男人出双入对呢。

何况这两人，还互相拆台子米着，是可忍孰不可忍。

年终的销售排行榜上，露露名列前茅。

李容志和陶路的客户，不知道什么时候，悄悄流失了，全部聚集到了露露的名下。

◀ 隔岸观火

人老了，骨头就疏松了。

老人在外面散步的时候，路滑，不小心摔了一跤。老人求救似地往周遭看了一圈，路过的人都目不斜视，步履匆匆，没一个过来搀扶的意思。

我不该为社会增添负担。老人咬了咬牙，费了九牛二虎之力将自己从地上撑起来，一瘸一拐地往家里移。

到家卷起裤管一看，脚脖子肿成了大象腿，拿手指轻轻一按，刀捅似的。

要不要到医院看看呢？这个念头刚刚冒起，就被老人从脑海中及时掐断了。

看病那么贵，挂个号都得十块，够老人省吃俭用一整天了，省下来的钱，得留给两个儿子呢！

老人骨质可以疏松，舐犊之情不会疏松。

对啊儿子，老人怔了一下，多久没见到儿子们啦？桌上的日历撕去了一大半，没一张记录着他们的归期。

脚疼得厉害，买不了菜，下不了床。只好麻烦儿子送几天饭。更主要的是，找借口看一眼他们。

大儿子总是忙，偶尔电话打过去，不是上班，就是出差。这次，又在搞同学聚会。老人孩子样的委屈，耳朵紧贴着电话说，上班出差忙也就算了，怎么宁愿和同学聚会，也不跟老爹聚会呢？大儿子说，老爹，当今社会最重要的是什么您晓不晓得啊？

老人说，你真当我老糊涂？人才呗！

老爹，您还真是老糊涂，不是人才，是人脉！

人才和人脉，不就一字之差吗？社会也没有进步到彻底改头换面嘛。

不管怎样，不能拖大儿子的后腿不是？老人只好转身跟小儿子打电话。

小儿子说，老爹，对不住了，正准备回丈母娘家呢！老人吃醋了，你又不是招上门的女婿，丈母娘家比咱家还重要？

小儿子说，老爹你不知道的，我正在进行一场看不见硝烟的战争！姨夫盯着丈母娘家的那套价值百万的拆迁房，我怎么坐以待毙？

这姨夫真不是东西，敢跟我儿争房，好好打仗，别认输！老人给小儿子鼓劲加油。

老人当然知道积攒一百万的辛苦，抠门了一辈子的他，得了糖尿病也不舍得上医院医治，一年四季，为了控制血糖升高，不吃肉不吃淀粉不吃糖，过得像只食草动物，才勉勉强强存了一百万。

眼下，两个儿子都不知道这一百万的存在，人老了，心里亮堂呢！老人活了大半辈子，见过听过的事，比天上的星星还多。

有人可能要较真，这话太夸张，人的一辈子也就几十年，哪里比得过天上的星星？

抬头看看现在的夜空，要找出十颗星星还真不是易事，雾霾大啊。

盯着灰蒙蒙的的夜空，老人心里也灰蒙蒙的。

捱了个把月，老人的脚脖子先是红肿，继而开始腐烂，露出烂肉，渗出黏稠的脓水。

糖尿病更严重了呢，崴了个脚，竟然没法痊愈。

干脆，上医院去看看？我还有一百万呢！老人紧盯着存单上的六个零。

不不，这些钱，是留给两个儿子的，怎么能填医院这个无底洞呢？老人又将存单仔细藏好。

别积攒人脉了，快回来，我有一百万！老人给大儿子打电话。

别巴结你丈母娘了，快回来，我有一百万！老人又给小儿子打电话。

两个儿子瞬间回到了家里，拥有凌波微步神功似的。

老爹，您真的有一百万？怎么不早说？两个儿子围绕在老人床边，口气很殷切，不约而同地把你换成了您。

爹怎么这么老了？要不是这趟回家，走在路上碰到，不一定认得出是老爹。儿子们惭愧地想。

惭愧归惭愧，还有更重要的事要做。

老爹，单位上人人都买了车，唯独我没有车，天天上班把头夹裤裆里，怪没面子的，您就赞助我一辆呗！大儿子开门见山。

老爹，您还是先赞助我买房，我看中了一套房，花园小区，升值空间可大呢！小儿子不甘落后。

谁对我好，我就把钱给谁！老人夸张地拍了拍正在红肿流脓的腿脖子。

大儿子小儿子不看老人的脚脖子，脸红脖子粗地看着对方。

老爹，您搬到我家住吧，保证侍候得您周周到到！大儿子表起了孝心。

大哥，嫂子那脾气，大冬天的还得拿电风扇对着她吹，哪里侍候得住老爹？小儿子拍着胸脯说，老爹，我每年都带你出去旅游，一年换一个地方，纽约、巴黎，随便你挑！

两人你一句，我一句，一个撸起了袖子，一个抄起了锅铲。

滚，都给我滚，我没有一百万！老人气得拍打着床沿。

两兄弟停下架势，不无震惊地问，老爹，你骗我们的？

对，我骗你们的！老人赌气说。

我们忙得很，哪有时间同你开玩笑？大儿子和小儿子转瞬间统一口径，风驰电掣地走了。

老人浑浊的眼睛留下泪水。这种意料之中的状况，是老人听过的故事中，微不足道的一颗流星。

钱分完了，只怕自己也成了烫手的山芋。

几个月后，大街小巷的人们议论着一起刚刚发生的惨剧。

一位老人引火自焚，还烧了自家的房子，用一百万现金。

大儿子同单位同事唏嘘说，这老人是不是有神经病？

二儿子跟丈母娘套近乎，要么他是孤寡老人，要么是他的儿女们不孝顺！

话音刚落，两个儿子的手机，惊天动地叫嚷了起来。

◀ 无中生有

张大有是个骗子。

江湖骗子。

骗子前头，加上"江湖"两字便拥有了几分侠气，几分不羁，连被人追赶时慌不择路的逃窜，也捎带上了几分洒脱。

能不洒脱吗？行骗也是在做一件功德无量的好事啊！

作为一名职业骗子，张大有挺不容易的。他绞尽脑汁，开发出一个又一个新骗局，为了什么呢？为了丰富受害人的人生经验，为了增加老百姓的免疫力，毫不谦虚地说，张大有的新骗局，拯救了多少警察同志行将僵化的思维能力。

想到自己为社会为人民做出的贡献，张大有便心安理得地花起骗来的钱了。

只是，骗子这行当，越来越不好做。

信息闭塞的过去，张大有用区区一个下残棋的骗局，就能横扫几大区，现在呢？说来心酸。

花上一年半载，好不容易才琢磨出一个骗局，自以为天衣无缝，哪知道，刚在这边小试身手，那边就被传上了网络，经过病毒似的发酵。一夜之间，全国人民都晓得破局的妙招了。

新骗局才刚出炉，就被判了死刑。

张大有大半年没得手过。

改弦易辙吧，到社保局办个低保。

张大有是孤儿，一无所有，我不办低保，谁办低保？

一进入社保局大厅，张大有发现，厅里的气氛，有一种说不出的紧张。

还没靠近办事柜台，保安就拦住他，警剔地问，干什么的？

张大有吓一跳，保安鼻子这么灵，闻出他是骗子了？

我是来办低保的，不是来行骗的。张大有稳定了一下心神，实话实说，办低保的。

你办低保？保安像看骗子一样上下审视张大有，瞧你有手有脚，面色红润，哪里像要吃低保的？

有手有脚就不能吃低保了吗？你这是歧视健康人！张大有愤怒了。

职业习惯又犯了不是？混淆视听，是张大有的强项。

别闹事，快滚蛋！保安压低声音怒喝，怕被谁听到似的。

这是什么态度啊，老百姓的办事大厅，居然让老百姓滚蛋！彼消此长，张大有声音响亮起来。

你究竟是什么人？保安和工作人员们，都惊惧地看着张大有。

张大有癔症了一下，从小到大，还没有人，用如此敬畏的眼神关注过他。

脑中突地一个闪念，一则新闻令他脑洞大开，纪委巡视组，近期将在本市明察暗访。

敢情，把我当成纪委暗访人员了！张大有眼珠一转，索性将计就计，不要误会，我不是纪委特派员，我是人民特派员。张大有反背着双手，训斥了保安的不礼貌。

局长被这句话点透了，皇帝下江南都不承认自己是皇帝呢！他小心翼翼地跟在张大有背后，辞退了敢让"暗访人员"滚蛋的保安。

折腾得兴起的张大有突然想起，隔壁家的王独眼因为瞎了一只眼，面目可憎，找不到工作，一直闲赋在家里办假证。

救人一命，胜造七级浮屠。张大有装腔作势地说，我听说，你们这有个外号叫王独眼的，命很苦……

马上办，马上办！局长心领神会的同时，长舒了一口气。

人心都是肉长的，暗访人员也不是铁石心肠啊。

局长毕恭毕敬地请张大有吃了饭，喝了酒，还塞了一个厚厚的红包。

天无绝人之路啊！

张大有索性跑到王独眼家，办理了一张假证，上面印着"人民暗访特派员"。

拿到低保的王独眼，不想再办假证了，为了答谢张大有，办理了他人生的最后一张假证。

一证在手，行骗全城，张大有拍拍王独眼的肩膀，独自上路了。

一路上，张大有好不风光。

假证一掏，上至老虎，下至苍蝇，都拿他当财神一样供着。

美味吃腻了，好酒喝多了，美女玩厌了，红包也收到手软了。

睡到夜深人静时一觉惊醒，张大有突然想起自己的本职工作，骗子，江湖骗子，一个有侠气的江湖骗子。

连王独眼都金盆洗手了，我还要行骗到何时？

骗局无边，回头是岸，张大有不想行骗了，他有了终极的人生目标。

当一名真正的"纪委暗访特派员"。

假证当成真证使，张大有实名举报了那些请他吃喝，送美女，塞红包的人。

以前的举报，现在的举报，将来的，还要举报。

吃是不拒绝的，喝是不搪塞的，美女是不推辞的，红包也是要笑纳的。

举报，更是毫不留情的。

张大有时时刻刻提醒自己的身份——人民暗访特派员。

只是，将来的，张大有想举报，也有心无力了。

张大有出了一场蹊跷的车祸。

有多蹊跷呢？这不是重点。

重点是，张大有生前注册过一个微博，名字是"人民暗访特派员"。

张大有去世那天，无数人涌到微博上去，追悼他。因为他的死，引发了无尽的猜测，震惊了网下网上。

纪委根据张大有的举报，一抓一个准。为了奖励张大有，纪委给死去的张大有，特别追加了一个证书——人民暗访特派员。

真证就是真证，拿在手里都沉手。王独眼将证件拿到张大有的墓前，烧给他。

张大有，你可是美梦成真啦！王独眼给张大有敬了一杯酒，用壮士断腕的语气说，但是我却要重操旧业了。

王独眼退了低保，又办起了假证。

假证的生意红红火火，四面八方的人群不约而同地要求办理同一张证——人民暗访特派员。

◀ 声东击西

董大志五十五岁那年，续了个弦。

续的是个三十五岁名声不怎么的离异女人，露露。

为啥就不续个本份女人，董大志吃前妻的亏，还不够吗？

前妻是个不本份的女人，结婚没几年，就狠心扔下儿子，丢下董大志，不管不顾地跟着有钱的男人跑了。

奇耻大辱啊。

好一段时间，董大志都怕见人，不得已出次门，全副武装，帽子口罩一个都不能少，连护耳都不拉下，怕听见闲言碎语呗。

早些年，这身怪异装束，董大志还被请到过派出所盘问，以为他是流窜犯来着。近些年，托雾霾的福，董大志可以招摇过市了。

一有喘气的工夫，董大志就开始托人相亲，对女人的要求，董大志只一条，本份即可。

本份？简单，跟在微博上造个谣一样容易！媒人给董大志介绍了一茬又一茬女人，一个赛一个本份。可谁也入不了董大志法眼。

无一例外，都有遗憾。

什么遗憾呢？董大志一直没闹明白，直到遇上露露，才恍然大悟，那些女人，太本份。

露露听了，吃吃地笑，笑得董大志心甘情愿捧上了存折、房产证、银行卡。

哪个离过婚的男人，没被女人扒掉几层皮？吃一堑长一智，防女人像防贼一样。唯有董大志，还保留一颗坦荡荡的真心。

露露被感动了，不再计较董大志的年龄。

咱俩搭伙过日子，对你只提一点要求。董大志认真地看着露露。

本份？露露笑。

董大志摇头，说你但凡出门一定要穿金戴银，能买贵的，别问对错，不许替我省！

天上掉下个好男人，比掉馅饼更难得。

领证后，董大志一反常态，特别喜欢出门，雾霾再大，也不需要帽子口罩，他带露露。

露露呢，戴金项链、金耳环、金镯子，叮叮铛铛，交响乐一样动听，董大志的护耳呢，早丢爪洼国了。

雾霾严重超标时，露露也想戴口罩来着，董大志眼里的雾霾，便超了标，那金首饰不就白买了？

三番五次的，露露砸摸出来了，董大志的真心里，似乎还夹杂了别的意味。

别家老头遛的是狗，是鸟，是车。

董大志呢，遛的是老婆。

露露越来越像贵妇，董大志则越来越像乞丐。

一把老骨头的董大志，风里来雨里去挣钱，供露露挥霍。

经得起几番折腾呢？

董大志病了。

尿毒症。

要不，我把金首饰卖了，治病得花好多钱呢！念在董大志素日里对自己的大方，露露也不能无情无义。

不准卖，戴着，我还要继续给你买！董大志生怕露露卖首饰，索性把铺盖搬进了医院。

他申请到了一大笔社会补助。

大志你真厉害，这下不用当首饰了！董大志生病以来，露露第一次露出笑脸。

要过年了，去买件貂皮大衣！董大志把救助款砸到露露面前。

你疯了，这是你续命的钱呀！露露再贪财，也不会贪董大志的救命钱。

别废话，让你买就买！

病久了，董大志的脸色愈发腊黄了。穿着貂皮的露露到医院看董大志。

医生，护士，病友们都对露露侧目而视。

行将朽木的董大志，将花枝招展的露露唤到床前，抖抖索索地从枕头下摸出一个烂角的钱包。钱包里，全是一块两块的小票。

用这钱，去买个金戒指……董大志强撑着一口气说。

你哪来的钱呀？露露心安理得地接过去。

我……我早晚守在医院里，替化疗的病友们抢位置……他们就给我带几餐饭菜……就攒下这点饭菜钱………

董大志灰暗的脸上充满得意。

试问天底下病入膏肓了还能赚钱给女人花的男人，舍董大志还有谁。

董大志出殡那天，露露一滴眼泪也没流，戴上了所有的首饰，全是用董大志的钱买的。

葬礼上，董大志的儿子来了。

没有亲情，也有血缘。

董大志不喜欢儿子，儿子长得像前妻。董大志一看见他就来气，从小打他骂他。娶了露露后，宁愿把钱给露露买首饰，也不帮儿子娶媳妇。

儿子看见露露在葬礼上还这么显摆，气自不打一处来。

别生气，我与你同病相怜！露露对董大志的儿子说。

同什么病，相什么怜？儿子百思不得不解。

露露指着耳朵上的耳环，脖子上的项链，手上的戒指，身上的貂皮，笑眯眯地说，每次你爸爸看到我身上这些物什，都会对我说同样一句话。

见董大志儿子凝神望着自己，露露说，你爸爸留下的最后一句遗言，也是这句话。

哪一句话？

你爸爸说，我对老婆这么好，她知道吗？哀乐声中，露露居然吃吃地笑了，帮我转告一声，我过这么好，都是托她的福。

她是哪个？儿子被鞭炮声炸蒙了头，思维一时转不过弯来。

借尸还魂

黄梁柱追求胡丽英，追得厂里人无人不知，无人不晓。他烫一头小卷毛，留两撇八字胡，穿着花衬衣，裹着喇叭裤，手捧着玫瑰花，阴魂不散地围着胡丽英转悠，嘴里高唱着，你就像那冬天里的一把火！

唱着唱着，胡丽英就被这把火给燎原了，火冒三丈的她推开黄梁柱，从人群里拉出面黄肌瘦的寇安贵，说，黄梁柱，趁早死心吧你，我已经名花有主了。

啥？寇安贵？众人一片哗然，黄梁柱更是惊得玫瑰花掉在地上零落成泥碾作尘，他只听得见众人的哗然如故。胡丽英，你选谁，也不该选他啊！瞧他这副怂样，连牛粪都不配当！黄梁柱气急败坏了，就算他是牛粪，也是一坨风干的，没有营养的牛粪！

我就喜欢他，怎么着？胡丽英母鸡一样地护住寇安贵。

黄梁柱不死心，结结巴巴说，他家只有三间破瓦屋，你知道不？

知道。

他家还有吃喝拉撒躺在床上的老母亲，知道不？

知道。

他为了省下理发的钱，三个月理一次头发，知道不？

知道。

他买不起衣服，三百六十五天都穿工作服。瞧瞧，这身工作服都洗烂了，知道不？

我眼睛没瞎呢，自己看得见！胡丽英叉着腰，瞪起眼睛反问，你送玫瑰花给我，他送紫菜花，知道不？

不知道。

你来找我，借别人自行车炫耀；他来找我，赤脚跑几十里路，知道不？

好小子，不声不响来这一招啊！众人都大笑着起哄，寇安贵更拘谨了，拘谨中分明又透露出小得意。

黄梁柱挺直腰杆，高声说，不知道，都不知道，那又怎么样？

胡丽英鄙夷地看了一眼黄梁柱的花衬衣，挽住寇安贵的胳膊，说，跟着油嘴滑舌的人住铁屋都失火，跟老实巴交的人住破瓦屋心里也亮堂。

貌不惊人，三棍子打不出一个屁的寇安贵，吃到了天鹅肉，成了厂里的一大新闻。黄梁柱当众掉了大面子，引起为傲的卷发、花衬衣、喇叭裤，成了他的耻辱。他索性离开工厂这个伤心地，跑到深圳淘金去了。

不务正业的混子，好好的铁饭碗，说丢就丢了！工人们一边倒地支持起胡丽英。在那个年月，有一份铁饭碗，是多么引以为傲的事情啊。艰苦朴素的寇安贵，是工人阶级的代表，而新潮高调的黄梁柱，是资本主义的典型。

时间一晃再一晃，人声鼎沸的工厂冷清了，接着改制了，最后解体了。

两鬓早生华发的胡丽英，也与时俱进，同寇安贵闹起了离婚。

离什么婚啊？楼房盖起来了，女儿长大了，再过几年，就该抱孙子了！寇安贵觉得胡丽英无理取闹。寇安贵胖了，虚胖，早不见了当年精瘦干练的影子。

胡丽英炮筒子性格不减当年，冷笑一声说，楼房是盖起来了，但怎么盖起来的？我还不清楚？

你清楚？你倒是说说。寇安贵搬个小板凳，同老伴评理。

抠门抠出来的呗！结婚这么些年，你帮我买了几件新衣裳？人家的老婆金项链、金戒指带得哐当哐当，你连个红头绳都没帮我扯过。

你倒是说说，谁的老婆？

黄梁柱的！

咦，后悔了，当年你就别嫁我，嫁他呀！

我瞎了眼呗！话说到这里，就没必要再逞口舌之利，锅碗瓢盆全上了阵，劈哩啪啦，好一顿夫妻混打。

日子过得不舒心，寇安贵爱上了遛鸟，以避开与胡丽英的磕磕碰碰。这天遛鸟时，碰到了当年工厂的老同事。两人絮絮叨叨地聊起了年轻时候，虽说好汉不提当年勇，可寇安贵一辈子就那点能够挂得上嘴的精彩往事，又怎能绕得过去。

偏偏，老同事这次艳羡的却不是寇安贵了。知道吗，黄梁柱那混子，在外面混大发了。听说，最近他买了套别墅，回家养老来了。

托社会主义的福，谁家日子现在过得不好？寇安贵打了个哈哈，心里不以为然着，纵有广厦万间，不过夜宿一床。

女儿找对象了吗？老同事转移了话题。

正谈着呢！寇安贵心不在焉。

老同事关切地问，人咋样？房子有吗？车有吗？

寇安贵脸上现出得意，说，人嘛，跟我一个样，房子车子嘛，会有的。

老同事十分郑重地补上一句，家里负担可不能有！

负担？什么负担？

老人啊，尤其是卧床不起的老人，这个一定不能有！

生老病死，人之常情啊，你怎么跟当年黄梁柱一个德行？寇安贵十分陌生看着老同事。

一个德行怎么了？你想你女儿到时跟你家胡丽英一样……老同事还在喋喋不休，寇安贵已经拂袖而去。

广场上，华灯初起，一对对的情侣正在上演求爱的桥段。远远地，寇安贵看见了女儿，咦，她怎么挣脱了男友的手，向一辆宝马轿车跑去？

轿车前站着一个新潮男人，捧着一大束玫瑰花，脚下是排列成心形的蜡烛，已经点燃。男人向女儿单膝下跪的场景，太似曾相识了。

望着女儿两腮被幸福燃烧的红霞，在满街的繁华喧嚣中，寇安贵忽然落了泪。

◀ 趁火打劫

一进入腊月，爆竹声就隔山岔五地响起来了。东边燃一束烟花，西边炸几声鞭炮。有时，好端端地行走在大街上，脚下突地一声脆响，直叫人吓得心惊胆颤。四周一搜寻，不知哪家调皮的孩子，手举着一支冒烟的焚香哈哈大笑，衣兜里胀鼓鼓的，塞满了零碎的小鞭炮。

这时候，既使心里再生气，脸上也是要堆笑的，因为春节就要到了嘛！打老祖宗那儿，一辈一辈地传下规矩：腊月里，不能与人置气，不说不吉利的字眼，要不然，接下来的一年里，会触霉头的！于是，天大的怨气都被粉饰起来，到处张灯结彩，喜气洋洋，一片祥和。

王五在一片祥和中，领到了一年的薪水，还有老板发的红包。王五在大城市里，帮别人盖房子，成天灰头土脸，头发也懒得理。年关了，放假了，红包拿着了，正好去理发店剪个头，粉饰得人模狗样回乡去。

剪完了头，王五站在镜子前一照。嗬！大城市的理发师真是名不虚传，一套洗剪吹下来，王五立马精神百倍了。

人是英雄钱是胆，王五满意极了，掏出五十元付账，前台的收银小妹咧嘴一笑，直摆手。

找不开？王五连忙身上身下搜零钱。

收银小妹又将手掌前后翻了几下，口齿清晰说，五百！

五百？你别欺负我不懂行，平时明明只收五元！王五几乎跳了起来，像是被小孩子恶作剧扔的鞭炮吓到了似的。

切，我看您真是不懂行，一进入腊月，洗剪吹的价格都是翻几番的！收银小妹挺理直气壮，臭鸡蛋也是鸡蛋，潜规则也是规则，得遵守不是？

打劫啊！王五气鼓鼓地走出理发店，捏一捏红包，起码薄了一半。

花钱消灾，花钱消灾！王五安慰着自己，登上了返城的火车。

下了火车站，王五思前想后，伸手招了一辆的士。

买不起私家车，也得租一辆回家啊！

一年到头，顺顺流流，挣钱不挣钱，混的不就是一个脸面？

王五指挥着的士司机，老远就开始按响喇叭，嘀嘀叭叭地一路驶到村子口。

不用找了！在乡亲们羡慕地目光里，王五掏出五十块钱。

下车前，王五特地看了下计价表，四十八元。

司机连连摆手。

王五一看，心惊了半截，司机摆手的手势，和理发店的收银小妹一模一样的。

五百？王五小心翼翼地问。

司机点了一下头。

这点的哪是头啊，分明是鞭炮稔子啊，王五的脾气被点炸了。

打劫啊！你这计价表不显示四十八吗？

计价表是四十八不假，你工资表呢，我就不信腊月了，你老板只发薪水，不发红包！司机挺委屈地说，我从早到晚颠簸一天，你不该给我发点红包？

王五一咬牙，把剩下的红包一骨脑扔到了副驾驶座位上。

外头的亲戚都盯着呢！罢了，只当老板发的红包是捡的。

红包丢了，薪水是一定得保住的。

王五一坐上桌子，就拼命喝酒，转眼，把自己喝得大醉，连给小辈们发压岁钱的惯例，都视而不见，置之不理了。

哪能一而再，再而三地被春节打劫呢？这本账，王五酒虽然醉，心里清醒着！

一回到家，王五的酒就醒了。

今年收多少压岁钱？王五心急地翻女儿的衣兜。

钱是我的！女儿使劲按住衣兜不放。

给爸爸，爸爸帮你存起来！王五嘴里耐着性子，手却不肯耐着性子，伸向女儿的口袋。

才不呢，钱一到爸爸手里，就成了打狗的肉包子。女儿人小鬼大，知道春节里，大人是不能随便打骂小孩的，使出全身力气保护自己口袋里的红包。

正拉扯得热火朝天着，轰地一声，女儿的衣兜一声脆响，炸出了一大摊鞭炮碎屑和钱币的边角。

由于摩擦得太厉害，衣兜里塞满的零碎鞭炮自燃了。

王五和女儿都吓呆了，定睛一看，万幸只是钱被炸缺了角，人还完整着。

叫你跟我抢！王五理直气壮地给了女儿一巴掌，顺理成章把女儿的红包给挖了出来。

大年三十的夜里，小姑娘哭得伤心极了。

一年到头，就挣这么点压岁钱，还被大人们抢了去。

当外面零碎的鞭炮声连成一片的时候，小姑娘终于忍不住了。她打开窗户，朝着鞭炮响起的地方大声喊，打劫啦，打劫啦！

零点的鞭炮正响得惊天动地，谁会听见小姑娘的呼喊呢？

◀ 以逸待劳

读书那会儿，老师们都说，胖子是很有些聪明的，如果努力学习，是能考上个好大学的。

只是，聪明的胖子把努力的航标搞错了，脑子成天努力地琢磨偷懒的法子。

比方说，为了在上课的时候打盹，胖子曾经拜猫头鹰为师，努力学习睁着眼睛睡觉。

当然，胖子失败了。不然，他也不会被教语文的曾老师拎住耳朵，从睡梦中疼醒了。

我站在讲台上讲得口干舌燥，你坐在下面倒睡得安逸！曾老师拽着胖子的耳朵，把胖子扔到操场上罚站。

太阳火辣辣的，晒得操场上的树叶都不敢动弹。胖子更是虚汗直冒，嘴舌发干，似乎要晕倒了。

请注意，是似乎要晕倒，没有真的晕倒。

前面说过，胖子是很有些聪明的，就在这"似乎晕倒"的感受产生的一霎那，胖子心生一计，就势像一摊肉似的，倒在了操场上。

胖子再不争气，也是父母的心头肉。得知胖子因为一个小小的错误被体罚晕倒，胖子父母先是心疼，后是盛怒，最后，干脆将学校和曾老师告到了教育局。

这件事被好事的学生发贴到了本地论坛上，还窜上了网络头条，引起了五花八门的争议——论老师的道德素质问题。

曾老师的素质一下子被网民们责骂到了谷底，就算有一些不和谐的声音，也被滔天的巨浪淹没了。在舆论的强压之下，曾老师被学校责令停职三个月，自查反省。

我反省？哈哈，我反省一辈子也省不出来问题！曾老师也是个犟老头，夹着讲义，自查出一身之乎者也的书生意气，炒了自己鱿鱼。

临走时，曾老师特地把胖子叫出来，进行话别。曾老师多想再次狠狠拎住胖子的肥耳朵，三百六十五度旋上一圈。可是，看看四周如临大敌的老师和学生，曾老师攥紧拳头，恨铁不成钢地摇摇头。小子，别以为我不知道你在装，你是体育场上长跑一千米的冠军，哪是十分钟太阳就能把你晒趴下的？

人，可以睁着眼睛睡觉，但不可以睁着眼睛说瞎话。

胖子朝曾老师做了个鬼脸，伸出食指和中指，做了个"V"的手势，意思说，那又怎么的，我完胜。

完败的曾老师不无深意地看了胖子一眼，走了。

奇怪，他怎么不沮丧呢？

目送着曾老师的背影，胖子居然想到了曾老师在课堂上教过的文章《荆轲》——风萧萧兮易水寒，壮士一去兮不复返……

学校里，胖子被老师们管束的日子，从此一去不复返了。

胖子的大名，每位老师都烂熟于心，他们仿佛达成了统一协议，不约而同地对胖子的懒散睁一只眼闭一只眼。

猫头鹰的本领不是独家授权胖子使用的。

从前，胖子的聪明总是用在怎么逃课，怎么跟老师作对上；现在，胖子的聪明没有了用武之地。

胖子开始用一些极端的行为，来吸引老师们的关注，偷同学的文具，揪女生的辫子，与高年级的同学打架……

哪怕，被罚到操场上去晒晒太阳也好啊！

起码证明，胖子在老师眼里不是透明的。

可老师们对胖子礼待有加是透明的，有的甚至让出自己的办公室，请胖子上课时，在办公室吹空调。

他们都在替曾老师报仇，公报私仇呢！胖子越想，越觉得是这么回事。

一群道貌岸然的老夫子！胖子年轻气盛，在父母打骂和哀求声中退学了。

收拾好书包，路过操场时，太阳正大，晃得眼睛都睁不开来，满地都是明晃晃的金子。

怎么就有了风萧萧兮易水寒，壮士一去兮不复返的肃杀呢。

胖子突然想到了曾老师，想到了那个被罚站时炙热的操场。

曾老师，他现在不知道躲在哪个地方安逸呢？

胖子直挺挺地倒了下去，这一回，不是似乎晕倒。

◂ 借刀杀人

小乔收到了一张红通通的结婚请柬。

打开一看，居然是小娆。

意料之外的邀请呢！

请柬上的小娆笑靥如花，一脸的春风得意。

一晃眼，小乔差点把请柬上的人错看成自己。

小乔和小娆长得有几分相似，审美喜好也差不多。小乔喜欢蝴蝶结，小娆就喜欢蕾丝边。两人大学同班那会儿，有同学打趣说，以后别争着抢男朋友哟。

怎么会呢？谁有那么好的福气？小乔和小娆异口同声地否认。

不怕一万，只怕万一哟！同学神叨叨地说。

如果有万一，我会让给小乔的！小娆比小乔大几个月，拿出当姐姐的风度。

女孩子嘛，做起事儿，总是口是心非的。

自从遇到了校园诗人王小路，小娆和小乔就暗中较起劲来。

　　王小路戴一幅黑框眼镜，一眼看上去，像是徐志摩从诗里走出来了。

　　今天小娆送王小路围巾，明天小乔约王小路看电影。

　　小乔心里，总是有点不服气的，小娆凭什么同她争？小娆双眼皮是割的，与小乔的天生丽质相比，那可是八千里路云和月的距离。

　　一次狭路相逢，决定了小乔的胜利。那天小乔小鸟依人地挽着王小路，故意在特定的时间，走到特定的小路，遇上特定的小娆，笑容里都快溢出蜜糖来。

　　从那天起，小娆和小乔的距离，就真正地隔了八千里路云和月了。

　　多年过去，小乔与王小路分分合合，终于修成正果。小娆突如其来的一张请柬，揭开了尘封的往事。

　　小娆真的想云淡风轻，一张请柬泯恩怨么？

　　未必。

　　照片上小娆的一脸幸福，在小乔眼里颇有意味，她好像在笑问，谁才是笑到最后的人呢？

　　当然还是我！小乔争强好胜，从紧张的家庭预算里，替王小路里里外外置办了一身新衣，还帮他刮干净了胡子。

　　摊上什么大事了？王小路都受宠若惊了。

　　直到小乔挽着王小路，赴约到婚礼现场，王小路才明白，小乔要把他磨成一把刀，用来挫杀小娆的锐气。

不过，小乔失策了。

小娆身边的新郎，很显然是把机关枪，把王小路比得无所遁形。

小乔见识了小娆婚礼的豪华，听说了彩礼的丰厚，参观了奢华的新居，回家后，白眼球都充上血了。

明天，你就到眼镜店，换个最贵的镀金眼镜！小乔一伸手，把王小路的黑框眼镜生生折断了。

这幅眼镜都戴了好些年了，那会儿你还夸我有文艺范呢！王小路心疼地捧着眼镜的残肢断腿。

文艺范？酸腐气吧，跟上形式吧，镀金的才更有档次。

小乔砸锅卖铁，也要跟上小娆的档次。

凭什么呀？小乔想不通，割过双眼皮的整容女，凭什么比我生活得好？

迫不得已的王小路被小乔逼得从杂志社辞了职，下海经商。

小乔的心愿是，一定要买幢大房子，与小娆家的相比，只许大，不许小。

心愿实现那天，一定要寄张恭贺新房的请柬给小娆，还要笑得比小娆更甜更美。

承诺是用来背叛的，心愿是遥不可及的。

王小路做学问如鱼得水，做生意却是扶不起的阿斗，把面积不大的小房子都亏了个干净。

相反，小娆却过得春风得意，时不时地拿零花钱接济一下小乔。

小乔你真是我的贵人啊，要不是你，我就遇不到我的多金老公呢！小娆笑得花枝乱颤。

也多亏了你啊，王小路说我虚荣贪婪不忠诚，要同我离婚了！小乔努力保持语气平静。

你们要离婚了？小娆故作惊讶地睁大眼睛，那会儿，我顾念闺蜜友情，可是甘愿迁让，成全了你们这一对金童玉女呢。

小乔一脸似笑非的表情，掏出手机，调出一对男女的亲密照片，说，小娆姐姐，不如，你再迁让一回吧！

小娆接过手机，定睛一看，小乔依偎在一个男人身边，望着小娆笑得一脸灿烂，一晃眼，小娆差点把手机里的女人错看成了自己呢！

◀ 围魏救赵

肖力是大学的校草，长得高大威猛，英俊帅气——这么庸俗的语言，似乎配不上肖力的出众，还是换个法子说吧——假如肖力在篮球场上打篮球，一百个女生有九十九个都在为肖力呐喊。

还有一个呢，咆哮着，退学了。

咆哮退学的女生，是富业集团老总的千金，蒋小诺。

小诺撕了学籍，自己给自己放了假，躺在偌大的公主床上，不吃不喝，一双曾经流光溢彩的眼睛死鱼般地盯着天花板上的吊灯。

吊灯幻化为肖力阳光下的笑脸，流光溢彩。哦，肖力，小诺黑眼珠毫无生气地转动了一下，羞愤、尴尬、挫败，化成一股股泪水，争先恐后地从眼眶中冒出来。

小诺从小要风得风，要雨得雨。她随手指一下天上的星星，她那有钱的老爸就马上安排人做个像模像样的黄金山寨版天幕，悬挂在她触手可及的地方。她想要学钢琴，老爸便掏出手机，指使人务必千方百计联系到郎朗。可是，她想要肖力做她的男朋友，肖力却客客气气地说，弱水三千，我只取一瓢饮！

只取一瓢饮！小诺一头雾水，弱水是个什么东西？

唉，就是我已经有了女朋友！在胸大无脑的小诺面前，肖力文艺不起来了。

瞧瞧，这就是肖力，哪怕是拒绝小诺，也拒绝得这么与众不同。

小诺回想起那尴尬的一幕，眼泪又憋不住地往下淌。

淌完眼泪，咆哮声冲向老爸。

不就是个男人吗？我令人依照他的样子，做个一比一的真人版蜡像，搁你身边不就行了？土豪老爸被轰炸得晕头转向，想着法子逗小诺笑。

钱不是万能的！小诺哭丧着脸冲老爸吼。

没有钱是万万不能的。老爸经历过的"爱情"，比小诺流过的眼泪还多。

见多识广的老爸出了门，就是财大气粗的蒋总。

蒋总揣着一份合同书，与肖力约在本市最豪华的咖啡馆面谈。

相信乳臭未干的肖力见到这份合同书，会做出正确选择的。

自信于心、沉着于形的蒋总走进咖啡厅，第一眼没看到肖力，肖力身边笑语晏晏的姑娘，小艾，吸引住了他。

蒋总马上知道，自己犯了先入为主的错误。

别说肖力弱水三千，只取小艾一瓢饮，只怕是顺治皇上再生，也会再次上演不爱江山爱美人的桥段。

蒋总不是皇上，他是腰缠万贯的土豪，既爱金钱也爱美人。

没有文化的蒋总偏将鲁迅先生的一句话记得牢：在上海生活，穿时髦衣服的比土气的便宜，然而更便宜的是时髦的女人。

扫了一眼时髦的小艾，蒋总迅速地在心里估了个成本价。

两年后，肖力成了富业篮球俱乐部的主力队员，小艾成了蒋总金屋中的阿娇。

两年中的有一天，小诺与肖力在那家最豪华的咖啡厅约会，碰到了蒋总和小艾。

穿戴时尚前卫的小艾让小诺冷不丁想起了爸爸的座右铭，穿时髦衣服的比土气的便宜，然而更便宜的是时髦的女人。

心里琢磨着这句话，小诺嘴里不小心就溜了出来。

你说得没错！肖力别着脸，咬牙切齿地说。

蒋总搂住黯然神伤的小艾，大模大样地从肖力和小诺面前走过去，不动声色地想：怀中的这个女人真便宜，一份廉价合同就搞定了。

银行的保险柜里，锁着蒋老板的两份合同，加起来不如他最先草拟的那份合同昂贵。

一份是和肖力签的，蒋老板称为明合同。

明合同上写着，富业集团旗下的富业篮球俱乐部，将在两年内，把肖力打造成全国最抢手的篮球明星，期间肖力必须雪藏自己的感情生活，否则俱乐部有权随时解约。

明合同上面，肖力的签名龙飞舞凤，雄心万丈。

另一份是与小艾签的，蒋老板称之为暗合同。

暗合同上写着，小艾放弃肖力，并自愿藏娇两年，不出现在肖力视线内。

暗合启动当日，明合同随之生效。

暗合同上面，小艾的笔迹是怎样的，肖力看不见。

当然看不见，笔迹都被泪水模糊了。

肖力眼下能看见的，是面前咖啡杯中荡漾着的小诺的笑，满
当当的，一不小心就会溢出来的模样，很清晰。

◀ 瞒天过海

钱包愈来愈鼓，白小勇腰杆儿越来越粗，那张下巴后缩的蛤蟆嘴，自然是愈发地贱了。这不，晓柳沐完浴，倒垂着一头答答滴水的长发，刚走进卧室拿吹风，白小勇的嘴，便抢在吹风前面嗡嗡起来。

喂，大晚上的，吓什么人啦？瞧你这披头散发的，一走进来，我都分不清哪是后面，哪里前面了。

晓柳咂摸出话中的意思，气急败坏，"名言"就又飚出来了，我平胸，我自豪，我为国家省布料！T台上的模特，哪个不是平胸？我这叫走在时尚前沿，懂不？

时尚白小勇不懂，却懂身体的蠢蠢欲动。年轻时的晓柳，苗条，纤细，颇有些"隔户杨柳弱袅袅"的韵味。然而，经了几年烟熏火燎，柴米油盐的婚姻生活，那曾经奉为至宝的韵味，便藏了一日三餐的油烟，夹了哺乳期的奶腥，裹了小孩的尿骚，令白小勇不胜唏嘘之余几欲闻风而逃了。

其实，也没那么平了，较过去还丰满了些，不信，你摸摸？晓柳见白小勇嗤之以鼻，便放弃了嘴上的自豪，厚着脸皮，贴上来，将白小勇的手放在自己胸前。

　　白小勇故意大力捏了一把，晓柳微不可闻地呻吟一声。

　　要不要这么夸张？演 A 片啊！白小勇不无嫌弃地缩回手，脸冷了下来。

　　晓柳残留的自尊，便如水银泄地，四崩五裂了，怎么捡也捡不起来。

　　同样是女人，差别咋这么大呢？白小勇脑子里，飞速地拾捡着和西西在一起的片断。

　　西西的脸，长的什么样儿，白小勇有点模糊了。西西的胸，偏偏在他记忆中鲜活着。有一次，白小勇和晓柳难得在一块儿看电视，里面正播放着"今麦郎"方便面广告：皇上吃了都说好，面要弹的才够意思！白小勇憋不住一顿猛笑，他想起了西西的胸。

　　笑什么呢？晓柳有点不明所以。

　　这胸，不，这面，弹弹的，真好！白小勇揶揄着，一答。

　　晓柳不动声色。

　　将冰箱里塞满了今麦郎方便面，一天一包，吃得白小勇好一段时间都不敢拿平胸说事。

　　晓柳就是这么缺心眼，但也说不出别的什么不好。西西吧，露水情缘，偶尔消遣一下可以。

　　消遣多了，费用会增加，风险也同步增长。

　　费用白小勇可以一笑置之，面对风险，白小勇就不能闲庭信步了。

西西的胸破了，闹到白小勇家里，鸡犬不宁。

胸怎么会破？晓柳问。

假胸，里面的硅胶流窜了一身。

她想要什么？

要求到韩国，重新做隆胸手术，再给一大笔赔偿。

我陪她到韩国，你给她钱。晓柳处变不惊。

你，居然不怪我？白小勇抬起头，重新认识晓柳似的。

晓柳摇摇头，脸上是圣母般的光洁。

白小勇想抱住晓柳，又惭愧，只好捂住脸。他突然有了在亵渎神灵的感觉，哪怕是看一眼晓柳都不敢。

晚上，白小勇鼓起勇气同晓柳温存一番，还是老婆的平胸好哇，天然，真实，更重要的是，捏不破。

咦？晓柳的胸，似乎变丰满了那么一点点。

人家这是二次发育吗，生活条件好了，你买了那么多补品我吃，忘了？

也是！

男人都有第二青春期的，白小勇的嘴巴是江山易改本性难移。老天爷还真的眷顾我，去了一个弹弹的，还我一个弹弹的。

晓柳和西西，一块到了韩国，带上了白小勇信用卡。

西西提前一步回的国，修补一个破掉的胸，在韩国，不是多么大的事。

白小勇问西西，晓柳呢。

晓柳说难得出一次国，得好好玩玩。

这一玩，居然又是近一个月，白小勇期间找西西，西西手机换了号码。

晓柳到底回来了，在那个卡上的钱呈透支状态时。

小别胜新婚，白小勇再次抚摸上晓柳的胸，感觉真的胜过了当初，甚而至于还有了挺拔的迹象。

经了西西的事，白小勇与晓柳的夫妻感情同样坚挺了不少。

背着白小勇，西西跟晓柳见了一次面，西西就要嫁人了。

西西说，谢谢姐姐，没姐姐的大气度，我的生活肯定一塌糊涂！

晓柳摇头，说姐姐也谢谢你！

谢反了吧？西西跟晓柳分手后，还盯着手里晓柳塞的红包发愣。

一点也没谢反，晓柳回到家，对着镜子看自己乳房，那里有一道淡淡的疤痕，已经看不出来了。

感谢西西的胸破了，不然晓柳的婚姻一定也不攻自破。她那会刚查出乳房里长了肿瘤，韩国之行，陪西西修补破胸只是一个冠冕堂皇的借口，正好掩饰晓柳先做肿瘤切割再悄然做无疤痕丰胸的手术。

你以为，就你白小勇会玩瞒天过海的把戏啊！晓柳对着镜子里的自己，笑，笑得泪水溅满了镜面。

◀ 结膜炎

雨下得比较奢侈，在这个旱得让人心灰意冷的秋天。

白晓琳坐在玻璃墙下发呆，等不到人的时候她一贯如此，还张望着一双眼睛。

眼睛里有雾状物，是雨花？白晓琳忍不住揉了揉眼睛，雾状物没有消失，相反，有轻微的疼痛感袭上来。

白晓琳使劲眨巴两下眼睛，把不适感按下去，也顺便压下几欲开在眼眶的泪花。

林小川放了她的鸽子，其实是在意料之中，但，心终究是不甘。

还记得，林小川约她在"雕琢时光"喝咖啡。他俩挤坐在一个沙发上，你尝尝我的咖啡，我再尝尝你的。谁说咖啡是苦的？分明喝出了最甜的滋味！包厢外，若隐若现传来刘若英的《为爱痴狂》，白晓琳轻声和唱，想要问问你敢不敢，像我这样为爱痴狂？

敢啊！林小川毫不犹豫地回答，随后，将嘴欺上来，轻轻在白晓琳的唇上啄。

别闹，我是认真的！白晓琳闪避着，捧住林小川的下颌，拿一双明亮的眼盯住他，回答我，敢吗？

敢敢敢……林小川含糊不清地回答，将白晓琳推倒在沙发上。

白晓琳勾住林小川的脖子，抬眼，看灯。灯罩透出泛黄的光芒，影影绰绰出两只交颈戏水的鸳鸯。

野鸳鸯。

白晓琳脑子里腾地蹦出这三个字。

一股道不出的羞耻感，密匝匝地从心底泛渣而起。白晓琳用力推开林小川，说，真敢，那你就向她提离婚！

离婚？林小川的激情，像被谁按下了暂停键。

白晓琳从这一瞬间的暂停中，捕捉出了林小川内心极大的犹豫。她的心颤抖一下，深吸一口气，再抬头看那盏鸳鸯灯，就看到那对如豆的鸟眼中，射出无尽嘲讽了。

滚！伤心与挫败海啸般，前仆后继地袭来，砸向林小川时，汇聚成一个字。

林小川果然滚了，滚得远远的。

白晓琳夹起一块方糖，扔进咖啡里。

咖啡还是那杯咖啡，沙发还是那张沙发，灯上的那对鸳鸯，依旧在，只是，灯下的人，不依旧在了。

雕琢时光，滑天下之大稽，时光哪里经得起雕琢啊。

甜蜜方糖，跳入苦咖啡。

白晓琳皱着眉头，抿了一口苦咖啡，再一次给林小川发短信。

这次，她发的是一张照片，亲密照，和林小川的，精心雕琢了的。

在哪？林小川的电话很快打过来。

当你死了呢！白晓琳唇角浮起一丝讥笑，不过像你这样的人物，死了小城会家喻户晓的。

废话少说！

老地方。

灯光柔柔的，眼睛涩涩的。

你眼睛怎么了？林小川姗姗来迟，看到白晓琳，被她的眼睛吓了一跳。

眼皮红肿不说，结膜上小出血点明显增多。

白晓琳掏出化妆镜看了看，心想，大约是得结膜炎了。嘴上却不声张，欲语还休地看着林小川。

林小川叹一口气，愧疚地揉一揉白晓琳的眼睛。

两人，一手交钱，一手交照片。

这就结束了么？林小川删完白晓琳手机中的照片，看向她发红的眼睛，突然不舍。

这个女人，到底是对他有感情的。

到此为止吧！白晓琳面无表情地点点头。

一段感情的结束，往往是下一段感情的开始。

要开始新的感情，就得有一双识人的慧眼，调整好心理后，白晓琳到医院看眼睛。

眼睛红肿得吓人，刺痛、流泪、畏光、出现血斑，似乎心里淌出的血，都要在眼里涌出来。

刚推开医院的大门，白晓琳看到了林小川，挽着他贤惠的妻子。

是你？猝不及防的林小川，掩饰不住脸上的惊诧。

是我！白晓琳不看林小川，却冲林小川身边的女人眨了眨眼睛。

同样的小出血点，同样的血斑，同样的眼皮红肿，在女人面前闪烁。

女人看看丈夫，又看看白晓琳。

一直在心里猜疑的谜团，突然在这两双同样畏光的眼睛中，找到了答案。

女人劈手给了林小川一耳光，扭头跑了。

林小川穷凶恶极地冲白晓琳瞪起眼睛。

没办法！白晓琳故作轻松地耸耸肩，这人心里可以堵块石头，但眼里却容不得半粒沙子啊！

◀ 青光眼

当记者以来，我采访过各种各样的人物，政坛骄子、商界精英、巾帼女杰、平民英雄……他们无一例外，拥有着跌宕起伏的精彩人生，但，没有任何一人，像眼前这位采访对象一样，让我产生如此浓厚的兴趣。

出于职业习惯，采访前我浏览了被采访人的资料，越看越匪夷所思，忍不住掩卷长叹，时无英雄，竖子成名！

此人非但是竖子，简直是人渣中的渣土机。为保护当事人的隐私，暂且称他为陈先生吧。

陈先生第一次出名，得益于一次车祸。资料显示，车祸发生后，陈先生昏迷不醒，交警赶到现场，从陈先生满是血污的手中，抠出摔破屏的手机……事后，交警判定这是一起由于边打手机边开车而引起的交通事故。事主陈先生却矢口否认，他认为是自己的青光眼严重，而造成了视觉闪烁——这里，咱们先不讨论造成车祸的原因，焦点在于，交警握在手中的手机里，正传出一个女人焦急的呼喊声，亲爱的，你怎么了，你说话啊……

手机和陈先生一样，摔破了头，但生命机理正常运转。

人命关天，交警匆匆对手机说了声，他出车祸了！便将陈先生送到呼啸而来的 120 急救车上。

陈先生在手术台上紧急抢救的时候，交警又替陈先生接到了第二个电话，亲爱的，你在哪？

医院啊！交警有点奇怪女孩的记性不太好，刚才，不是已经告诉过她了么？

交警的奇怪，很快就有了答案。叫陈先生为"亲爱的"的女孩，是两个不同的女孩。

两个不同的女孩，从不同的地方赶来，在同一个医院碰头了。

这让还是单身狗的交警，颇为嫉恨。

陈爱的是我，他说，第一眼见到我，就看到我周身充满了光环，我才是他命中注定的女神！女孩甲说。

天啊，他也这样对我说！女孩乙伤心不已。

陈先生苏醒后，两个女孩悲愤地问他，你究竟还有多少光环女友？

二三十个吧！陈先生略显得意，又有点惭愧地说。

陈先生一举成名了！

假如，注意，我说的是假如。假如事情只发生到这里，相信看到这则八卦的人，大多会一笑了之。

不过是一个花心男和两个纯情女的故事，谁没有上过当，受过骗呢？

然而，事情的发展出乎意料。

陈先生在一片骂声中，红了，大红了，红得发紫了！紫到连我这样的金牌记者都闻风出动了。

伤愈后，陈先生索性当起了男士们的情感顾问，借助新闻媒体发酵。他的名气一炮打响，连误接手机的小交警，也成了陈先生的忠实粉丝。

粉丝们争相效仿起陈先生的一举一动，一言一语，一颦一笑。就在上个月吧，陈先生由于太忙碌，胡子拉碴，来不及刮，也被粉丝们惊呼，纯爷们！

紧接着，全国的刮胡刀滞销。

毫无疑问，陈先生俨然一位颇具光环的人物。

闪瞎了诸多粉丝的眼睛。

众人皆醉之下，我独醒着。我可是从业几十年的金牌记者，他根本逃不过我识人无数的火眼金睛。

你是不是得了青光眼，才看所有的女人都有光环？我的采访一向以犀利著称，话筒递到陈先生唇边瞬间，尖锐的问题接踵而至。

不止我有青光眼，大家的青光眼更严重！陈先生耸耸肩，来了个美式幽默。

为什么这么说？我抽丝剥茧。

我告诉她们，我是一个有学识的教授暂时怀才不遇，我是一个有钱商人只是资金链偶尔中断，我是一个潜力股只是意外被套牢……陈先生嘴角浮起一丝冷嘲，这些谎话，连我都不信，她们却信了，你说，这不正是青光眼的征兆么？

事实上，你的确是个潜力股，现在不就一路飙红了？我热讽。

陈先生大度地笑了笑，说，我见你周身充满了光环，绝非久居他人檐下的山雀，怎么甘心当记者，做这种辛苦的工作呢？

又是光环，当我也青光眼？我警觉地看着陈先生。

其实，做一个炙手可热的情感专家，并不是我的目标！陈先生盛意拳拳地说，我的目标是造福社会，造福人类。目前，我研制出了一种眼药水，专门治疗各种各样的青光眼。这种眼药水，能擦亮那些受骗人的眼睛……

还有这种眼药水？哄鬼去吧。

如果你帮我宣传，咱俩合作，你六我四，这是合同，陈先生向我微笑着扬起一页纸。

奇怪，明明一张白纸，竟在我眼中闪耀着七彩的光芒。

犹豫再三，我揉了揉眼睛，把手擦干净，伸了出去。

折叠空间

173

◀ 白内障

夏琪一看就是正经女人，圆脸、浓眉，大眼，透着不容侵犯的威严。搁过去，这副端端庄庄的模样儿，是被捧为旺夫相的。

只是，如今的世道，夏琪的优势，成了蝶也愁的明日黄花，真的是万事到头都是梦，休休了。

君不见电视屏幕上，充斥着锥子脸、吊梢眼吗？就连大众审美，都被清一色的狐狸脸成功逆袭了。

夏琪怀疑，伟锋每天雷打不动地看晚间新闻，是醉翁之意不在酒。伟锋哪里是在听新闻，分明是在看女主播。

女主播便长着一副不正经的狐狸脸，嘴里在播报新闻，眼里暗送着秋波。

莫非，伟锋是在女主播身上，找小贱人的影子吗？

夏琪叭一下，把电视关了，泰山一样地，堵在伟峰面前。

发什么神经呢？伟峰将目光从电视上拔回来。

夏琪将脸凑近伟峰，说，看看，我的眼睛出了什么毛病？

伟峰掰开夏琪的眼皮，仔细看了看，说，挺正常啊！

没得白内障吗？

白内障？伟峰脸色难堪了，夏琪玩以毒攻毒呢，他眼睛恰好检查出得了白内障。

夏琪似笑非笑，是啊，没得白内障，当初怎么就看中了你？

毛病！伟峰气呼呼地掰出两个字，跟着掰开两条腿，散步去了。

近两年来，夏琪骂人的花样，也跟眼角的鱼尾纹一样，层出不穷了。

不是夏琪没事找事，实在是，没法控制！

去年，夏琪发现了伟峰和小贱人暗度陈仓后，胸口就灼上了一股怨气。哪怕后来，伟峰信誓旦旦，保证不再重犯，小贱人也一把鼻涕一把泪，请求原谅。可是，心口那道看不见的伤疤，总是时不时地剧痛，如同，地板遇到了下雨天，动不动返潮。

夏琪从保险柜里翻出伟峰的保证书，白纸黑字地写着，如果再次出轨，将净身出户！

谅他也不敢离婚。夏琪心情稍微平复了一点。

藏好保证书，夏琪上网，找"蓝天的蓝"网聊。

"蓝天的蓝"是夏琪没见过面的网友，他什么时候出现在夏琪QQ上的，夏琪自己都忘了，只知道，他出现得恰到好处。

当夏琪的白信心，被小贱人击得粉碎时，是"蓝天的蓝"拯救了她。夏琪将"蓝天的蓝"当成了童话里的魔镜。夏琪问魔镜，谁是天底下最美丽的女人？魔镜总是毫不犹豫地回答，是你！

女人离不开甜言蜜语的滋润，就好像花朵离不开蜜蜂蝴蝶的翩跹。

有蜜可采的花朵，才能被称为花朵。

怎么办呢？我又没忍住，将他气跑了！夏琪向"蓝天的蓝"诉苦。

你必须打碎你心里的不平衡，才能为婚姻找到平衡。

必须打碎心里的不平衡？夏琪想了想，确实这样，自己心里一直不平衡，"蓝天的蓝"说得对极了。

怎么打碎呢？夏琪不是明知故问，她真的是虚心求教。

他做初一，你做十五。

你是说……

还他一顶绿帽子！"蓝天的蓝"敲下一行字，又发过来一个呲牙裂嘴的笑脸。

夏琪慌忙关上了电脑，心率明显不齐，对蓝天的蓝的主意，一半是不齿，一半是称道。

这种报复，夏琪不是没有想过。

每个人心里，总有那么点脏事儿，只是有些人做了，有些人不敢做。

我可是个正经女人！夏琪自己脸上贴着标签呢。

可是，这世道被不正经的女人占领了！另一个声音反驳。

夏琪的大脑，终于被这个反驳的声音控制了。她太想疏通那股隐而不发的怨气了。

"蓝天的蓝"和夏琪在宾馆约会时，被伟峰堵上了，很难堪。

伟峰明明在医院做白内障手术的。

为了保住自己的正经女人形象，夏琪净身出户了。

"蓝天的蓝"也消失不见了，居然。

直到有一天，夏琪在大街上，看到伟峰、小贱人和"蓝天的蓝"三人亲密地走在一块。

夏琪眼睛猛地一黑。

好一会，才有了光感。

我眼睛一定是得白内障了，才会上你们的当！夏琪冲上去撕吼。

是你们的婚姻得白内障了！"蓝天的蓝"拉住夏琪，冷笑说，白内障要等完全长成熟了，才能完全祛除，你连这个都不知道吗？

◀ 羊角风

跑了几个月人才市场，小李总算学关二爷过五关斩六将，成功应聘到"市政府接待办公室"工作，简称"接待办"。

能承受住工作压力吗？负责应聘的黄秘书问。

不就接待几个客人吗？压力能超过高考？小李这辈子只怵过高考。

黄秘书笑了笑，挺意味深长的。

第二天，小李去报道。

黄秘书带小李熟悉环境。

接待办分为三个部门，地点部，人物部，事件部。黄秘书一边领路，一边介绍。

嘀，只差时间部，就成一篇小说了。小李乐不可支，太好玩了，这接待办。

好玩？接待办的工作，可比写小说复杂多了！黄秘书瞥一眼小李，今天我忙着呢，还有一大堆工作，你自个儿先熟悉一下工作。

熟悉工作就是熟悉黄秘书递过来一本书，沉甸甸的。

封面上写着，接待方案。

嗬，不就是找个住宿、订个餐的事吗？还用得着洋洋洒洒出一本书？

黄秘书翻一翻白眼，懒得回答。

小李撇撇嘴，信手翻开接待方案。

不看不知道，一看吓一跳。

接待方案上，有三大项，人物部、地点部、事件部各负其责。

三大项里面，又划分为十小项。十小项的工作，安排给十个科室各司一职。

十小项下面，细分了一百零八个细节，每一条都由专人查缺补漏，这就需要每个人耳听六路眼观八方了。

妈呀，比红楼梦的逻辑还严谨！小李惊呼说，硬着头皮，往下琢磨。

人物部的工作琐碎极了，要熟悉主要客人的底细，姓名、性别、职务、爱好……

甚至还有相貌，避免出现张冠李戴的笑话。

地点部和事件部要根据人物部提供的信息，紧锣密鼓、认真有序地准备接待工作。

地点部的工作没有人物部琐碎，灵活度却更高。他们要根据客人的级别，调整相应的迎接对象，并决定等候地点和规格——省厅级领导，要提前在机场铺红地毯、安排小学生唱着歌，手捧鲜花迎接，有必要时请公安部门开道；省级干部，可以简单一点，铺上红地毯，安排专人打伞；市级干部呢，不用跑到机场或火车站那么远，守在路口候着领路；至于县级以下嘛，只消候在接待办门口，每人发一包烟，省事……

原来我啥级也不是！看到这里，小李恍然大悟，接待办派了黄秘书一人，无烟无茶地陪自己，已经给了天大面子。

小李揉揉眼睛，看事件部负责哪些工作。

嘿，事件部更忙了。有礼物准备科室，根据客人的爱好，准备不同的礼物；有突发事件科室，遇上下雨天准备雨伞，遇上烈日天，准备消暑品……

看到这里，小李感觉到肩上的担子越来越重。

还没看完呢，黄秘书急匆匆走过来，拍拍小李肩膀说，要来一批市级的领导，十个人，你赶快选个好一点儿的餐厅，把菜点了，我先去配合礼物科，准备送土特产的事儿。

我，我一个人？小李底气不足。

当然是一个人，接待办的同志，一个抵十个用！黄秘书抛下一句话，三步并作两步走了。

想了想，小李按平时招待朋友的习惯，找了个农家饭庄，正点菜呢，黄秘书电话来了，餐厅定在哪？

农家饭庄！

什么？农家饭庄？黄秘书一听，头就炸了，打机关枪似地教育，根据来客级别的不同，餐饮地点分为，省厅级领导，五星级大饭店；市县级领导，四星级宾馆；市县级以下，三星级旅店……

知……知道了！小李擦了一把汗，既然是市级的领导，小李急吼吼地赶到四星级宾馆。

拿着菜单，小李按照十个人的饭量，精心配了四荤四素一火锅，又死皮白脸，请餐饮部经理送了一道凉菜，心想，这下可不会出错了。

黄秘书的电话，又不放心地追来了，喂，宴请规格你记住没？省厅级领导，五千元；市县级，两千元；市县级以下，五百元……菜式则有以下选择：省厅级领导，鲍鱼海鲜；市县级，乌龟王八；市县级，猪肉鸡肉……

哦，我马上就改正。小李马不停蹄地调整了菜单。

宴请时间就要到了，小李恭恭敬敬地站在餐厅门口。

远远地，看到黄秘书在前面引路，市领导陪同着邻市客人走过来了。

黄秘书一蹿三跳地冲到小李面前，说，座位排好了吗？

还，还要排座位？小李彻底傻了眼，高等数学都没这么难的。

当然，主要领导正中，客人主要领导左边，次要领导右边……黄秘书嘴唇上下翻飞。

听着听着，小李眼前一黑，晕了过去。

没办法，压力着实太大，高考前曾经犯过一次的羊角疯，再次复发。

◀ 松
·······

十个男人七个傻八个呆九个坏，还有一个人人爱。在欧阳雪眼里，张松柏就是那位人见人爱的只剩一个的濒危男生了。

欧阳雪变成了花痴，锲而不舍地倒追起张松柏。她的举动，令闺蜜们大跌眼镜。欧阳雪是眼睛长在额头上的人，挑选起男朋友来，比孙悟空筛选妖精还火眼金睛。怎么一遇见张松柏，就像孙悟空遇到了紫金葫芦，刷一下给收了？

我和张松柏，是上辈子失散的兄妹，这辈子重聚的情人，陈毅大元帅保的媒！一提张松柏，欧阳雪的桃花眼闪成了星星眼。

关陈毅元帅什么事？瞧这思维跳跃得，连天花板都挡不住。

欧阳雪摇晃着脑袋吟起诗来：大雪压青松，青松挺且直，要知松高洁，待到雪化时。

切！闺蜜们作鸟兽状散去，让欧阳雪一人在伴着青松当猢狲吧。

欧阳雪如愿挽着张松柏的胳膊，甜蜜地招摇在闺蜜圈，便有人将这个段子转述给张松柏听。

张松柏大男人的自豪感油然而生，腰板愈发挺且直，乍一看，真的站成了一棵伟岸的青松。

欧阳雪倚着张松柏的腰，睐了眼当众晒幸福说，嘿，我就喜欢你这样，顶天立地的范儿！

据说，幸福是不能晒的，晒着晒着，就雪一样化了。

果不其然，没过多久，欧阳雪就宣布和张松柏谈崩了。

怎么崩的？闺蜜们争当吃瓜群众，欲求真相。

唉！欧阳雪叹出一脸的遗憾，此松非彼松呀。

此松非彼松？太含糊其辞了。

再问，欧阳雪就红唇紧闭，视死如归般不开口了，到底是欣赏程毅大元帅的人。

一晃几年过去，闺蜜们都陆续嫁了人。唯独剩下欧阳雪，形单影只地剩着，对爱情的憧憬，渐渐在欧阳雪的眼里凝成了霜，她变成了闺蜜眼里那块拒绝融化的冰。

闺蜜们心里都清楚，欧阳雪还在等张松柏。

茶放久了会凉的，心等久了也会死的。

张松柏是待欧阳雪心死了才出现的。

雪，我错了！

在张松柏满怀诚意的道歉中，在闺蜜们的穷追猛打下，分手真相终于水落石出。

当年，领导突然破格提升张松柏任会计主管，任谁都始料不及。

会计主管需要有三年的工作经验，张松柏之前的工作根本与数字绝缘，完全不符合任职条件。

欣喜冲晕了张松柏的头脑，他想也不想，便一口将天上掉下来的馅饼接住。

渐渐地，欧阳雪发现张松柏越来越不开心。追问之下，才逼问出领导授意张松柏做假账，报销假发票。

你应该向上级举报，并把这份工作辞了！欧阳雪义愤填膺地说。

张松柏慌了神，瞎说，我怎么可以忘恩负义？

呸！什么忘恩负义，你是舍不得那份职务和高薪！欧阳雪生气了，直接撕开了张松柏虚伪的面纱。

她爱张松柏青松一般的外表和性格，没想到，他骨子里是这般不高洁的人。

不管欧阳雪怎么劝阻，不到雪化时的张松柏都没回头之意。

失望之余，欧阳雪一步三回头地走了。

张松柏动不也动地站在原地，站成了一棵歪脖子松，可惜不在黄山上，不然倒不失为一处风景。

欧阳雪落下了泪。

初见时，她爱死了张松柏这挺拔；分别时，她又恨极了张松柏这所谓的伟岸。

人生若只如初见，多好。

欧阳雪幻想着，张松柏有一天会醒悟，会回来找她。

一等就是好多年。

你怎么才来呀？欧阳雪一拳砸在张松柏略显干瘪的胸膛上。

张松柏再三犹豫，才道出了这几年的遭遇。

公司的假账越做越多，假发票金额越来越大，终于引起了上级部门的注意。领导慌了，命令张松柏伪造成失火现场，将所有的证据都烧掉。

你我是一条绳子上的蚱蜢。领导说。

张松柏惊惧之下，鬼使神差地依领导的吩咐做了。

这一把火，将不懂法律的张松柏连同领导一块烧进了监狱。

几年的牢狱生活，让张松柏很后悔。他最后悔的，是失去了欧阳雪。

张松柏一出狱，就刮净了胡须，辗转打听找到欧阳雪。

对不起，我，我一个月以前已经结婚了！欧阳雪艰难地说。

张松柏的腰杆一下子垮了下去。

为了帮助张松柏重新振作起来，欧阳雪不顾众人反对，邀请张松柏到自己公司担任会计。

一个月后，有关欧阳雪和张松柏的流言风一样在公司中悄然扩散。

两个月后，张松柏接到欧阳雪提升他为会计主管的通知。

吃软饭吃到这个境界，也算绝无仅有了，蜚语流言雪浪连天般涌来。

张松柏的背影那一瞬间颤了几颤。

别理他们，身正不怕影子斜，我们的交往是高洁的就行！欧阳雪再三挽留前来递交辞职信的张松柏。

张松柏闻言笑了，说，好妹妹，这次你就让哥哥站成一棵松吧。

说完，张松柏扯了扯衣服，挺直腰杆，头也不回走了。

欧阳雪心里一动，仿佛又回到了初次遇见张松柏的那一瞬间。

这晚，欧阳雪把闺蜜们吆喝到一起，喝了个不醉不归。

有细心的闺蜜发现，积聚在欧阳雪眼里多年的霜化了，化成了一滴又一滴的热泪。醉态可掬的欧阳雪举起酒杯，摇头晃脑地吟起诗来，大雪压青松，青松挺且直，要知松高洁，待到雪化时！

◀ 竹

李小竹这个人有点怪，怎么说呢？好像不怪一下对不起她扬州人身份一样，那个画竹子的郑板桥不就是八怪之一吗？

郑板桥的怪，人家是生活的艺术，李小竹的怪，跟艺术的生活却搭不上界。

医院的同事们，个个都看得出来护士李小竹暗恋医生陈小军。陈小军的人走到哪，李小竹的眼珠就朵朵葵花向太阳一样转到哪。那炽热的目光将陈小军身上的白大褂都要灼穿了，可陈小军一回过头来，李小竹眼神立马嫌弃得不得了，像看到了长年累月没洗过澡的叫花子。

陈小军不在意，他当李小竹这是竹的生动写照，未出土时先有节，至凌云处总虚心。

女孩子嘛，矜持是人家的专利。

在同事们的怂恿下，陈小军壮志凌云递了小纸条约李小竹到住院区后面的竹林里，向她表白。

靠在竹子上的李小竹脸上瞧不出多欢喜，身子抵着一杆老竹，幽幽地问了一句，你喜欢小孩吗？

废话，这还需要问，陈小军忙不迭回答，当然喜欢啊，别说孩子，连小猫小狗都喜欢。

喜欢小孩和小动物，才能显出男人的爱心不是？多少明星都玩这种桥段的。

李小竹脸色嗖一下黯淡了，自诩为太阳的陈小军不知道自己说错了什么，让李小竹这朵葵花打了蔫。

李小竹可以像雾像雨又像风，陈小军可不想千磨万击还坚劲，时隔不久，他另觅一个温柔的姑娘结了婚。

不久，传出流言来，陈小军结婚当晚，有赴宴夜归的同事，看到李小竹独自在当初与陈小军约会的竹林里哭泣，哭得花枝乱颤的，不，竹枝乱颤的。

太作了不是？明明喜欢，还要装出咬定青山的样子，好端端的爱情，就是这么给作没了。

没了爱情，日子照样把李小竹往前推着跑，时光没把她拉下的意思。

是不是有什么隐疾？面对三十出头还孤身摇曳着的李小竹，长舌妇们背后议论，再往前推一推，李小竹没头没脑地问陈小军喜不喜欢小孩子的话，大家便心照不宣了，李小竹肯定是没有生育能力。

未雨绸缪，这是对的。

当这个传说快成真理时。

李小竹给了大家一个耳光，闷雷般，在大家耳根里嗡嗡作响。

她居然，怀孕了，未婚先孕，没人知道李小竹的男人是谁。她身边，都没有过正儿八经贴过身子的男性。

　　问李小竹，她寡绿着脸，试管婴儿，行不?

　　未婚先孕的李小竹，很快被医院找理由辞退了。这种"伤风败俗"的行为，人民的医院是不能容忍的。

　　李小竹放弃了当"人民"的机会，自己容忍了未婚妈妈的身份。她独自拉扯着孩子，倒也不失节气，活在人民的喋喋不休中，那个神秘的男人一直不曾现身。

　　偶尔，李小竹牵着孩子，偶遇旧情人陈小军，也是目不斜视，仿佛那段曾经的暗恋，是长在地下的竹笋，没出土的东西，就应该掩埋。

　　如果孩子不病的话，那个男人永远不会浮出水面

　　李小竹的孩子生病了，白血病，在李小竹的意料之中。

　　医生建议说，要寻找孩子的亲生父亲，看看那边家族是否有合适的骨髓源，孩子唯一可以活命的方法就是骨髓移植。

　　李小竹的脸变得雪白，露压风欺般失了血，两腿咬不定青山了。

　　失了血的李小竹还患上失心疯，抱着一摞传单，在住院区那个竹林里，见到路过的人就塞一份。

　　她是不是穷疯了，用这种方式筹医疗费! 医院的旧同事们议论纷纷。

　　不是传单，是寻人启事! 有人举着一份传单纠正。

　　寻找孩子的亲生父亲!

　　三年前的一个雨夜，如果你在竹林里碰到一位醉酒的姑娘，并对她实行了性侵，请站出来，你的孩子生命垂危，需要你的帮助。

性侵？！

拿到传单的众人，对着李小竹上上下下地打量。李小竹在千磨万击的猜疑中咬紧牙关，没有退避这些眼神，真的做到了立根原在破岩中。

将罪犯的孩子生下来？脑子不正常吧！医院的旧同事们对李小竹同情之余，更多的是不解。

李小竹有苦难言。

她恨，恨自己为什么有白血病家族史。尽管医生说，遗传因素是白血病的一个致病因素，并非所有的白血病都有遗传倾向性。但李小竹还是不愿将这种微乎其微的遗传概率影响自己的爱情和婚姻。

李小竹喜欢孩子，陈小军也喜欢孩子。他连小猫小狗都喜欢的，没保障生健康孩子，她宁愿错过陈小军。

上天却没错开李小竹。陈小军结婚后，李小竹常常独自到竹林里，回味着陈小军向她表白的那些话，一遍又一遍地佐着这些情话下酒。

直到有一天，李小竹醉得不省人事，把竹叶沙沙当做陈小军的呢喃投身过去。恍惚间，她记得自己狠狠咬了陈小军一口，在手腕上，那是爱的铭记啊。

竹叶的沙沙声，掩埋了一个男人的罪恶，消弭了李小竹的耻辱。

更大的耻辱在后面，李小竹怀孕了。

也许，这是跟命运搏斗的唯一机会，抱着一丝侥幸，被强烈母爱冲昏头脑的李小竹决定生下这个孩子。

哪怕，只有一点点能为孩子赢得健康的希望。

天不遂人愿，上天不仅粉碎了李小竹的美梦，还将李小竹绝口不提的噩梦展露在众人面前。

时间一天一天地流逝，寻找罪犯的希望越来越渺茫，李小竹由站着发寻人启事，变成了跪着发寻人启事，再后来，她拉着每一个过路男人的手，凄凄切切地问，是你吗？是你吗？

所有男人避之不及。

太可怜了，这个伟大的母亲！

李小竹的古怪，如今有了合理的解释，孩子的亲生父亲，依然下落不明。

无辜的孩子病死了，李小竹陡然之间老了十岁。她将孩子的骨灰，埋在了竹林里。

竹林里的人烟渐渐地稀少了，里面住着疯女人李小竹，每天都拉着过路男人的手不依不饶地问，是你吗？是你吗？

别找了，李小竹，开始新生活吧！陈小军眼睁睁地看着昔日俊秀的姑娘，一步一步地变成了疯女人，心情复杂。

李小竹一把抓住陈小军，哀怨地问，是你吗？

陈小军使劲抽回手，垂下眼帘惊慌不已地说，不是我，怎么会是我！

他手腕上一排淡淡的牙印，却没能躲过李小竹锐利的眼睛。

陈小军被警车带走的那一天，李小竹走出了竹林，那天的风很大，很多人看见，弱不禁风的李小竹竟站成了一株修竹。让人疑心，郑板桥画中的竹，就是以她做的风骨。

梅

入冬，腊梅山上的梅树该开花了！老伴将老沈吃力地搬上轮椅，扶正，又在老沈的老寒腿上盖了一张毯子，踌躇再三才期期艾艾张了口说，老沈，你带我去看梅花吧，今天！

我废人一个，怎么带你去看梅花？要去，你自己去！老沈将轮椅转了个弯，背对着老伴，硬生生砸出这么一句话。

老伴被砸得垂着眼睛，一言不发地带上门，出去了。

腊梅山上的梅花又开了吗？老沈眼睛虚幻地穿过窗户，视线逐渐放长，一直翻越到腊梅山上。

腊梅山上的梅花果然争先恐后地怒放着，怒放得恣意汪洋的。一张青春洋溢的脸，巧笑嫣然跃到老沈眼前。

梅花真美，沈教授，快啊，快帮我照一张相啊！小梅在俏也不争春的梅花丛中娇俏地笑着，春色无边。

十年前的老沈，还是风流倜傥的沈教授，身体健康步履矫健的他带着学生小梅走遍了腊梅山的角角落落。

梅须逊雪三分白，雪却输梅一段香！沈教授按下快门，情不自禁地吟起来。

好啊，沈教授，你在嘲笑我，笑我没有雪白，还是没有梅香？小梅故意撅起水润润的嘴唇，白皙的脸上好似开放了一朵娇艳欲滴的红梅花。

沈，我想在腊梅山上举行户外婚礼！从腊梅山下来后，小梅依偎着沈教授撒娇。

下一季梅花再开的时候，你就会如愿以偿了！沈教授不无爱怜地摸了一下小梅的头发。

下一季梅花再开时，却是小梅离开的时候。

沈教授终究向结发妻子提出了离婚。

梦想中腊梅山上的梅花婚礼，太浪漫了，浪漫得沈教授有了抛弃一切的勇气。

……任凭世人把我无限责难，只要你对我爱，我一切甘当……沈教授脑海中那些日子常常响起马克思送给燕妮的这首诗。

梅花却不是永远浪漫的。

至少，那朵叫做小梅的梅花不是。

离婚拉锯战中，心情烦闷的沈教授恍恍惚惚走出家门，眼睁睁地看着一辆失控的轿车，满腔激情地吻上自己的双腿，那些喷溅而出的血花，散落在白雪皑皑的马路上，凝结成一片又一片的梅花。

那些梅花，一点儿都不浪漫，很残酷，都零落成泥碾作尘了，血腥气依然如故。

残酷得十余年过去了，老沈想起那些梅花来，双腿还感觉到生疼。

沈教授苏醒时，陪伴在身边的，是含着一双泪眼的妻子。

没人带来小梅的消息，沈教授也没有开口追询。

仿佛腊梅山上的那些承诺，只是沈教授一梦醒来的幻觉。

杳如黄鹤的小梅就像沈教授的双腿一样，失去了，顽强尘封在记忆中的某个角落。

吱呀一声，门开了，一阵冷风裹着老伴走进来，打断了老沈的思绪。

视线不用放长，老沈也能知道，老伴的手里，握着几枝怒放的梅花。

有暗香袭来呢。

老伴果真独自爬到腊梅山上采梅花去了。

扔出去！似曾相识梅花扎痛了老沈的双眼。

你从来不肯带我去腊梅山上看梅花，放在家里观赏也不行么？老伴红着眼，依依不舍地将梅花扔了出去。

老沈冷着脸，不理老伴。

天冷了，别冻感冒了！老伴往老沈头上加了顶帽子。

老沈很少和老伴说话。

老伴心里明白着呢，老沈年轻时说过，他们之间没有共同语言。

共同语言是什么，老伴不知道。她只知道，有老沈在身边，哪怕相对无言，她的天空都是完整的。

哪怕，轮椅上老沈的腿并不完整了。

在老伴给老沈做棉衣的时候，轮椅上的老沈突然忙碌起来了。

我帮你吧！老伴丢下手里的棉衣说。

不需要！老沈简短地说。他坐着轮椅上，抢起加长的锄头，将院子里的土角角落落都翻遍了。

在老伴为老沈织毛衣时，老沈请人在院子里栽下了一些小树。

你栽的什么树？老伴问。

别操心！老沈依旧爱答不理地。

老伴想操心也操不了啦，一件毛衣还没有织完，老伴突然咳了血，送往医院时，老伴已经不行了。

你每年都体检，早就知道自己得了肝癌，为什么不早点治疗？老沈急赤白脸着吼老伴。

我住院了，谁照顾你呢？老伴气若游丝地望着老沈。

老沈哭了，说，别，我还没带你去看梅花呢！

你废人一个，怎么能带我去看梅花？要去，你再找个老伴陪你去吧，对不起啊，老沈，我霸占了你一辈子！老伴眼里的天空，到这会了居然还是完整的。

不完整的，是老沈身边，少了个给他推轮椅的人，再回家时，老沈手里多了个骨灰盒。

这年冬天，院子里的小树长大了，开出了星星点点的花苞，还没开放呢，已经暗香盈袖了。

老伴，看到了吗？梅树长大了，就要开花了！老沈推着轮椅，挨个查看即将盛开的花苞。

独居的这两年，老沈一直在对老伴遗像说话，比老伴活着几十年时说的话还多。

这天夜里，刮了一夜的狂风，下了一夜的骤雨。

儿女们接到邻居的电话，匆匆赶来。

老沈穿着那件老伴没有织完的毛衣，抱着老伴的骨灰，浑身湿透，安详地躺在梅树下的轮椅上。

来不及开放的梅花苞全被暴雨打落了，跟泥水和在一起，再也分不出颜色。

儿女们将骨灰盒从老沈手里掰开时，有人在老沈手心发现了一瓣已经盛开的梅花，白得像雪。

有一股奇异的暗香，在院子里弥漫开来。

喔！肯定是奶奶将梅花都采走了，爷爷陪奶奶看梅花去了！孙子稚气的声音，随着暗香荡漾开来。